KB076431

나는 윤이상이다

1판 1쇄 인쇄 | 2024년 02월 01일
1판 1쇄 발행 | 2024년 02월 06일

지 은 이 | 박선욱
펴 낸 이 | 천봉재
펴 낸 곳 | 일송북

주　　　소 | 서울시 성북구 성북로 4길 27-19(2층)
전　　　화 | 02-2299-1290~1
팩　　　스 | 02-2299-1292
이 메 일 | minato3@hanmail.net
홈페이지 | www.ilsongbook.com
등　　　록 | 1998. 8. 13(제 303-3030002510020060000049호)

현대

남북한과 동서양의 화합을 위해 헌신한 삶과 음악

나는 윤이상이다

박선욱 지음

일존북

남북통일과 세계의 화합과
평화를 염원하며 작곡했다

"나는 남한과 북한, 동양과 서양, 고전과 현대의 경계에 서서 화합을 모색해 왔다. 우리 민족혼을 바탕으로 민주화와 통일을 갈망했고 세계가 전쟁과 핵 공포에서 벗어나 평화와 평등의 세상으로 나가기를 바랐다. 내 음악은 이 모든 염원의 표상이다"

-윤이상이 독자에게-

한국을 만든 인물 500인을 선정하면서

일송북은 한국을 만든 인물 5백 명에 관한 책들(5백 권)의 출간을 기획하여 차례대로 펴내고 있습니다. 이는 긍정적이든 부정적이든 우리 역사에 뚜렷한 족적을 남긴 인물들의 시대와 사회를 살아가는 삶을 들여다보고 반성하며, 지금 우리 시대와 각자의 삶을 더욱 바람직하게 이끌기 위해서입니다. 아울러 한국인의 정체성은 무엇인가를 폭넓고 심도 있게 탐구하는, 출판 사상 최고·최대의 한국 인물 총서가 될 것입니다.

시리즈의 제목은 「나는 누구다」로 통일했습니다. '누

구'에는 한 인물의 이름이 들어갑니다. 한 인물의 삶과 시대의 정수를 독자 여러분께 인상적·효율적으로 전할 것입니다. 무엇보다 지금 왜 이 인물을 읽어야 하는가에 충분히 답해 나갈 것입니다.

이번 한국 인물 500인 선정을 위해 일송북에서는 역사, 사회, 문화, 정치, 경제, 국방, 언론, 출판 등 각 분야의 전문가들로 선정위원회를 구성했습니다. 선정위원회에서는 단군시대 너머의 신화와 전설쯤으로 전해오는 아득한 상고대부터 아직도 우리 기억에 생생한 20세기 최근세까지의 인물들과 그 시대들에 정통한 필자를 선정하고 있습니다.

우리는 지금 최첨단 문명시대를 살고 있습니다. 인터넷으로 실시간 글로벌시대를 살고 있으며 인공지능 AI의 급속한 발달로 인간의 정체성마저 흔들리고 있음을 절감하고 있습니다.

이러한 때일수록 인간의, 한국인의 정체성이 더욱 절실히 요구되고 있습니다. 그 정체성은 개인이나 나라의 편협한 개인주의나 국수주의는 물론 아닐 것입니다. 보

수와 진보 성향을 아우르는 한국 인물 500은 해당 인물의
육성으로 인간 개인의 생생한 정체성은 물론 세계와 첨단
문명시대에서도 끈질기게 이끌어나갈 반만년 한국인의
정체성, 그 본질과 뚝심을 들려줄 것입니다.

한국 인물 500 선정위원회 (가나다 순)

위원장: 양성우(시인, 前 한국간행물윤리위원회 위원장)

위원: 권태현(소설가, 출판평론가), **김종근**(미술평론가), **김준혁**(역사, 한신대 교수), **김태성**(前 11기계화사단장), **박상하**(소설가), **박병규**(前 중앙일보 경제부), **배재국**(시인, 해양대 교수), **심상균**(KB국민은행 노조위원장), **윤명철**(역사, 前동국대 교수), **오세훈**(언론인, 前 기아자동차 홍보실장), **이경식**(작가, 번역가), **오영숙**(前 세종대학교 총장), **이경철**(문학평론가, 前 중앙일보 문화부장), **이동순**(시인, 영남대 명예교수), **이덕일**(순천향대학교, 역사), **이순원**(소설가), **이종걸**(이회영기념사업회장), **이중기**(농민시인), **장동훈**(前 KTV 사장, SBS 북경 특파원), **하만택**(성악가)

차 례

여는 글

오늘을 살아가는 우리에게 윤이상은 누구인가? 그가 걸어온 음악과 인생의 길이 현대사에서 지니는 의미는 무엇인가? 윤이상을 되돌아보기에 앞서 우리는 그의 삶과 예술을 반추하지 않을 수 없다. 윤이상은 1917년 경남 산청에서 태어나 통영에서 성장했다. 일제강점기에는 독립을 위한 저항운동에 몸담았으며 해방 후에는 일본에서 밀려들어오는 전쟁 고아들의 원장으로서 사회사업의 저변에서 희생하고 봉사한 경력이 있다. 음악 교사였던 그는 두 번의 일본 유학을 거쳐 유럽으로 건너간 뒤, 세계 현대 음악의 5대 거장이라는 명예를 거머쥔 불세출의 음악가로 성장하였다.

그는 1967년 유신정권에 의해 조작된 동백림사건의 희생양이 되어 갖은 고초를 겪었다. 서대문형무소의 독방에 갇힌 그는 세계적인 유명 작곡가와 음악가들 및 서독 정부의 강력한 구명운동 덕분에 가까스로 석방되는 등 파란만장한 곡절을 겪은 비운의 사나이였다. 하지만 이런 사연과는 달리, 그의 음악 인생은 사뭇 진지하기만 했다. 그는 일찍이 한국의 온전한 문화유산과 정신이 오롯이 깃들어 있는 통영에서 성장하는 동안 온갖 음악의 자양분을 받아들인 행운아였다. 어릴 적에 한학을 배웠기에 사서삼경을 깨우치고 한시를 짓는 등 유학자의 자질을 키워나갔고, 노자와 장자와 같은 동양 사상을 음(音)으로 빚고자 노력하는 철학자의 태도를 지니기도 했다.

그의 음악적 본령은 독일 유학 시절에 12음기법을 연구하면서 다듬어진 주요음 체계를 자신의 음악에 도입하면서 빛을 발하였다. 그 대표적인 곡 중의 하나는 1966년 서독 도나우에싱겐 음악제에서 초연된 〈예악〉이라 할 수 있다. 그는 이 곡으로 유럽 음악계에서 주목을 받던 중 동백림사건에 연루되어 감옥에 갇히게 되었다.

윤이상은 독일에서 음악 활동을 하면서 남과 북으로 구분 짓는 차별의식이 없었다. 조국이 분단되었지만 남과 북이 모두 한 형제라는 인식으로 한반도를 바라보았던 것이다. 이러한 인식은 윤이상 음악에 일관되게 적용되었다. 같은 선상에서, 그는 자신이 떠나온 한국의 민주화와 통일에 대한 열망을 한순간도 포기하지 않았다. 조국이 독재정권의 탄압 속에 휘말릴 때, 한국의 대학생들이 민주주의를 외치다 아까운 목숨을 바칠 때 그는 누구보다도 아파하며 심장을 쥐어짜듯이 작곡에 전념해 현실을 반영하고자 했다.

음악을 통해 전 세계에 평화의 메시지를 전하자 노력했던 그는 심혈을 기울여 작곡한 교향곡에서 아우슈비츠의 비극을, 핵전쟁의 공포를, 인간의 존엄에 대한 경각심을 고취시키고자 했다. 그는 자신의 음악을 펼치면서 한반도에 전쟁이 종식되고 평화가 정착되기를 바랐다. 윤이상은 1972년 뮌헨올림픽 개막작으로 초연된 오페라 〈심청전〉을 통해 동양의 효심과 평등의식, 신비로운 도교 사상 등을 보여주어 세계인의 심금을 울렸다. 그는 해를 거듭할수록 작곡가로서 확고한 세계를 구축했으며, 1988년 리하르트 폰 바이츠제커 대통령으로부터 '독일연방공화국 대공로훈장'을 받는 등 영예의 주인공이 되기도 했다.

말년의 그는 조국으로부터 배척받는 불운한 처지에 놓였다. 한국의 음악가들과 시민들은 그의 음악을 듣고자 열망했지만, 완고한 정치인들은 그를 받아들이지 않았다. 극도로 쇠약해진 그는 일본에서 배를 타고 와 먼발치로 조국의 근해를, 통영 언저리를 바라보며 그리움의 눈물을 흘릴 뿐이었다. 그의 음악은 오랜 시간이 흐른 뒤에야 금제에서 풀려났다. 동양의 사상적 깊이와 혼을 서양의 음악적 어법을 통해 구사한 까닭에, 그의 음악은 신비로운 영성이 배어 있다. 얼핏 들으면 현대음악이라는 선입견 때문에 난해해 보일 수도 있으나, 작정하고 자세히 들으면 들을수록 음계 하나하나에서 우리의 얼이 저절로 되살아남을 느낄 수 있다.

화무십일홍이라 했던가. 나는 새도 떨어뜨리는 권세가들은 이미 썩어 없어졌지만 그의 음악은 여전히 청청하기만 하다. 갈수록 시절이 어수선해지는 이때, 윤이상의 음악과 그의 생애를 새삼 돌아보는 까닭은 무엇인가? 그가 음악 속에서 말하고자 했던 평화의 메시지에 가 닿고자 하는 간절한 염원 때문이 아닌가, 스스로 묻고 스스로 답해 보는 것이다.

1장

오페라 〈심청전〉

　1969년 중반 무렵, 독일은 1972년 뮌헨에서 열릴 올림 픽을 위한 준비를 착착 진행해 가고 있었다.

　'모든 세계 문화의 결합!'

　뮌헨올림픽의 문화 프로그램이 추구하는 표어는 거창 했다. 그만큼 상생의 가치를 중요하게 여긴다는 슬로건 이었다. 독일 국민들은 뮌헨올림픽을 동양과 서양의 문 화를 서로 이해하고 소통하는 장으로 삼고자 했다. 바로 이때, 슈바르츠발트의 작은 마을 우어베르크에서 휴식을 취하던 윤이상은 뜻밖의 제의를 받았다.

　"윤 선생님께서 1972년에 열릴 뮌헨올림픽의 문화 행사 개막을 위한 축전 오페라를 작곡해 주시겠습니까?"

뮌헨 바이에른 국립오페라단의 총감독인 귄터 레너트가 참으로 놀라운 제안을 한 것이었다. 윤이상은 더할 나위 없이 기쁜 마음으로 그 제안을 받아들였다.

'무슨 내용으로 오페라를 쓸 것인가?'

올림픽 개막 오페라를 작곡해 달라고 정식으로 위촉을 받자 맨 먼저 떠오른 고민이다. 많은 생각 끝에 우리의 미풍양속과 자기희생이라는 정서를 바탕으로 하여 곡을 쓰는 게 낫겠다고 결론지었다.

'심청, 그래 심청이 이야기가 낫겠어!'

윤이상의 머리에서 번쩍, 하고 떠오른 것은 바로 심청 이야기였다. 이야기 속의 주제는 상처와 용서, 화해를 바탕으로 하여 서로 함께 살아가는 기쁨의 의미를 담고 있었다. 이 때문에 심청 이야기는 세계 어디에 내놓아도 손색없는 감흥을 불러일으킬 것이라고 믿었다. 하랄트 쿤츠에게 각본의 집필을 맡겼다. 〈심청전〉의 줄거리를 들은 하랄트 쿤츠는 감탄사를 연발했다.

"아주 감동적인 내용이군요."

베를린으로 돌아온 윤이상은 곧바로 작품 집필에 들어

갔다. 때마침 하노버음악대학에서 학생들에게 작곡과 강의를 해 달라고 요청해서 수락했다. 이곳에서 강석희, 백병동, 김정길, 최인찬 등 한국의 젊은 작곡가들도 함께 가르쳤다. 이들은 윤이상의 세심한 배려 속에 하노버음대에서 장학금을 받았다.

1971년 봄, 윤이상은 클라도우의 '여름집'을 구입했다. 방 세 개에 큰 유리창이 달린 빨간색 기와집이었다. 집 앞에는 베를린 전역을 휘감는 반제 호수가 있어 주말에는 사람들이 많이 찾아왔다. 평상시엔 고요한 곳이었다. 윤이상은 클라도우 집 앞을 흐르는 호숫가를 산책하며 명상에 잠겼고 작품의 구상을 하면서 말년까지 이곳에서 살았다.

슈판다우의 아파트에서는 소음이 심했기에, 조용히 작곡에 몰두하고자 하는 윤이상에게는 클라도우 여름집이 안성맞춤이었다. 4월부터는 이곳에서 오페라 〈심청전〉의 작곡을 시작했다. 작업의 집중력을 높이기 위해 슈판다우 아파트에는 숫제 가지 않고 클라도우 집에서 숙식을 하며 보냈다.

연주회가 거듭 성공을 거둠으로써 윤이상은 유럽뿐만 아니라 세계적인 음악가로서 명성을 더욱 높였다. 하지만 저녁에 잠을 자다가 가위 눌리는 일은 여전했다. 꿈속에서 윤이상은 굵은 통나무에 매달린 채 각목으로 온몸을 두들겨 맞거나 물고문을 당했다. 독일에 있는 한국 대사관원들이 보내는 싸늘한 감시의 눈초리, 거만하고 역겨운 태도도 견디기 힘들었다. 그것은 현실에서 겪는 악몽이었다.

윤이상은 이수자와 함께 오랜 시간 토론한 끝에 국적을 독일로 바꾸기로 결심했다.

"우리에게 국적이라는 것은 옷 위에 걸친 외투와 다를 바 없소. 외국 국적으로 바꾼다 해도 한마음으로 조국을 생각한다면 그 사람이 바로 나라를 진정 사랑하는 사람일 것이오."

"그래요, 여보. 나는 당신의 뜻에 따르겠어요."

자연스레 합일에 도달한 두 사람은 본에 있는 독일연방공화국 외무부에 찾아가 국적 신청 서류를 제출했다.

"우리는 당신처럼 훌륭한 예술가를 우리 국민으로 받아

들이는 것을 영광스럽게 생각합니다. 환영합니다."

독일 외무부 관리가 두 팔을 크게 벌려 윤이상을 끌어 안았다. 윤이상은 비로소, 정치적인 일 때문에 갈등을 겪 지 않아도 된다는 생각에 평온함을 느꼈다. 그럼에도 연 주회를 할 때마다 프로그램에 자신을 '한국의 작곡가'라 고 표기하는 것을 잊지 않았다. 한국인으로서의 긍지와 자부심은 버릴 수 없는 것이었다.

"드디어 다 끝냈군!"

윤이상은 두 팔을 하늘 높이 치켜올려 기지개를 켜며 만족스러운 감탄사를 내뱉었다. 〈심청전〉의 오케스트라 총보는 클라도우 자택에 틀어박혀서 1972년 4월 10일에 완성했다. 꼬박 1년간 공을 들인 뒤 대미를 장식한 것이 다. 이로써 뮌헨올림픽 개막 오페라 상연의 모든 준비를 갖추었으니, 이제 세계인의 이목이 집중될 행사 날짜만 기다리면 되는 것이었다.

1972년 8월 1일, 전 세계가 주목한 가운데 뮌헨올림픽 의 개막 오페라 〈심청전〉의 막이 올랐다. 올림픽의 문화 행사는 뮌헨 바이에른 국립오페라단의 국립극장에서 시작되었다.

"오페라〈심청전〉을 누가 작곡했는지 알지요?"

객석에서 푸른 눈의 신사가 금발 숙녀에게 귀엣말을 했다.

"그럼요. 작곡가 이상 윤(Isang Yun)이잖아요?"

금발 머리 숙녀가 당연한 걸 물어본다는 투로 말하며 팸플릿에 쓰인 글자를 가리켰다. 독일에서 윤이상은 이상 윤(Isang Yun)으로 통했다.

"오늘 공연에서는 세계적인 지휘자인 볼프강 자발리슈가 지휘하는군요."

"젊은 프리마돈나인 소프라노 릴리안 주키스가 심청 역을 맡았어요. 정말 굉장한 무대가 펼쳐질 거예요."

두 사람이 고개를 거의 붙이다시피 하며 나직하게 속삭이는 동안 극장의 불이 꺼지고 막이 천천히 올라갔다. 청중이 자세를 가다듬는 사이에 제1막이 시작되었다. 이 세상을 뜻하는 팀파니와 탐탐이 조용히 울린 다음 하늘을 뜻하는 4개의 트럼펫이 피아니시모의 높은 음으로 울려 퍼졌다.

"죽음이 있거든 삶이 보인다."

천상의 소리가 합창으로 들리면서 심 봉사와 딸 청이의 가난한 삶이 소박하게 묘사되었다. 용궁의 세계가 펼쳐지는 제2막에서는 강렬한 오케스트라의 연주를 통해 용왕의 역동적인 움직임이 표현되었다.

이윽고, 심청과 왕이 만나는 장면에서는 궁중음악의 장중함이 장내를 부드럽게 감쌌다. 심청과 왕이 사랑의 이중창을 부르자 하늘과 땅의 무대가 하나로 합쳐지는 가운데 심 봉사가 하늘로 올라갔다. 이를 지켜보던 두 사람이 객석을 향해 돌아설 때 부드럽고 고요한 합창이 울려 퍼졌다.

"지상에 복락이 자욱하여라."

합창의 여음을 현악기의 여리고 섬세한 음률이 감싸 안으면서 서서히 막이 내려갔다. 막이 내려가는 도중에 객석에서 터져 나오는 열렬한 박수갈채와 환호가 장내를 가득 울렸다.

"브라보!"

세계 각국의 정상들과 귀빈들, 뮌헨을 비롯한 여러 도시에서 온 청중의 얼굴이 온통 기쁨과 감격으로 빛났다. 청중의 박수가 거듭되자 윤이상은 몇 번이나 무대에 불려 나가 관객에게 인사를 해야 했다. 강렬한 무대 조명을 받으며 환호와 갈채 속에 청중에게 인사를 하는 윤이상의 눈엔 어느새 눈물이 고여 있었다.

뮌헨올림픽 개막작으로 세계 초연된 오페라 〈심청전〉이 탄생하게 된 배경은 예사롭지 않다. 윤이상이 감옥에서 풀려난 지 얼마 안 되었을 때, 뮌헨 바이에른 국립오페라단의 총감독인 귄터 레너트가 뜻밖의 제안을 한 데서부터 이 일이 시작된 것이다. 남산 중앙정보부의 지하실에서 지독한 고문을 받고, 공산주의자라는 누명을 쓰고 서대문형무소 독방에 갇혀 지내는 등 암울한 시간을 보내면서 심신이 극도로 쇠약해진 상황에서 받은 제안이었기 때문에 그 기쁨은 말할 수 없이 컸다. 비록 몸과 마음이 망가진 상태였지만 윤이상은 인간 존엄의 가치와 희망의 메시지를 오페라에 담기 위해 혼신의 정열을 쏟아내었다. 음악 속에 녹여낸 인간애와 효심, 도가적인 세계의 멋과 깊이를 공감한 객석의 반응은 가히 폭발적이었다.

오페라 〈심청전〉은 뮌헨올림픽의 개막에 맞추어 국제적인 성공을 거둠으로써 용서와 화해, 사랑과 평화의 높은 정신적 영역으로 나아갈 수 있었다. 공연이 끝난 뒤에 열린 리셉션에서 윤이상은 올림픽위원장으로부터 뮌헨 행사 문화 부문의 금메달을 받았다.

"윤이상 선생님, 만약 당신이 한국에서 형장의 이슬로 사라졌다면, 세계의 음악 역사는 얼마나 큰 손실을 입었겠습니까?"

리셉션이 열리는 대연회장에서 많은 사람이 윤이상의 손을 붙잡고 진심에서 우러나온 찬사를 보냈다.

당시 유럽 사회에서는 젊은 학생들이 부모 및 기성세대를 무조건 반대하는 일이 유행병처럼 번지고 있었다. 1960년대에 시작된 히피 풍조, 환각제 복용, 긴 머리, 가정 재판의 일상화 등 공동체의 미덕은 찾아볼 수가 없었다. 파편화된 개인주의만 만연했다. 삭막한 개인주의와 이기주의가 판치는 상황 속에서 한국의 효와 희생정신을 담은 오페라 〈심청전〉은 유럽 사회에 참으로 올바른 인간다움이 뭔가를 일깨워준 커다란 충격이었다.

"윤이상과 한국에 올림픽 우승 트로피가 수여되었다."

〈심청전〉을 관람한 유럽의 한 언론 기자는 최상의 찬사가 담긴 기사를 썼다. 뮌헨올림픽 개막작의 성공 이후 윤이상은 전 세계인들로부터 한층 더 큰 주목을 받았다.

〈심청전〉이 대성공을 거두자 1973년 3월경 한국의 서울신문사가 윤이상 음악회를 추진하려 했다. 국내에서는 동백림사건에 대한 오해와 편견이 여전히 심해서 이 일은 성사되지 않았으나 서울신문사는 포기하지 않았다. 우여곡절 끝에 〈요정의 사랑〉, 꿈을 주제로 한 이중 오페라 〈류퉁의 꿈〉과 〈나비의 미망인〉을 한국에서 공연할 계약을 체결했다. 공연 날짜가 다가오자 서울로 갈 모든 출연진과 스태프의 비행기 티켓이 예약됐다. 무대 장치 및 소품을 실어 나를 컨테이너도 마련했다. 본 외무부에서도 지원금을 내놓겠다고 약속했다.

이 무렵 윤이상은 미국 콜로라도의 애스펜에서 하기 음악제에 참가하고 있었다. 어느 날, 신문을 본 그는 깜짝 놀라고 말았다.

'한국의 야당 지도자 김대중 씨, 일본 도쿄에서 납치되다.'

1973년 8월 9일 《프랑크푸르트 알게마이네 차이퉁》지에 실린 기사였다. 유신독재 반대에 앞장섰던 대통령 후보가 납치됐다는 사실은 충격 그 자체였다. 이 기사가 실린 날 윤이상은 수많은 사람의 걱정 어린 연락을 받았다.

"윤 교수! 지금 한국에 가면 신변 안전을 보장받지 못할 것이오. 제발, 가지 마시오."

절친한 독일 친구인 귄터 프로이덴베르크 교수가 한국행을 간곡히 만류했다.

"한국의 정치적 상황이 극도로 불안합니다. 지금 한국에 가시면 윤 선생님이 위험에 빠질지도 모르니 이번 공연을 취소하십시오."

게르크 짜허는 이맛살을 찌푸려 가면서까지 통사정을 했다. 두 사람이 설득하는 사이에도 윤이상을 걱정하는 전화가 수십 통이나 걸려 왔다.

"한국의 독재정권은 선생님을 몇 년 전에 납치한 적이 있습니다. 제1 야당의 지도자마저 납치하여 죽이려던 자들이 또 무슨 짓을 저지를지 알 수 없습니다. 이번에 윤 선생님께서 한국에 가시면 불행한 일이 닥칠지 모릅니다."

유럽 여러 나라의 지인들도 전보와 편지를 보내왔다. 모두 윤이상의 안전을 걱정하는 진심을 담아 쓴 내용이었다. 그들은 모두 윤이상이 한국에 가는 것을 반대하고 있었다. 결국, 생명의 위협을 무릅쓰고 조국의 하늘을 다시 보고자 했던 윤이상은 친구와 동료들의 간곡한 설득과 만류를 받아들여 눈앞에 다가온 한국행을 취소해야 했다.

'이번에 한국 땅을 밟게 되면 조상님들의 묘를 돌보려 했건만……'

한 시도 잊어 본 적이 없는 조국 땅에서 모국어로 동포를 만나고자 했던 기대가 물거품이 되어 버렸다. 무엇보다도, 귀국하여 조상님들의 무덤을 돌보고자 했던 소박한 꿈조차 무너진 게 안타까웠다.

동백림사건은 윤이상을 다시금 현실주의자로 만들었다. 서독 정부와 전 세계 문화예술인들이 자신의 석방을 위해 보인 노력을 헛되이 하지 않으리라 다짐했다. 조국에서 벌어지는 반민주적인 역사의 흐름과 맞서 싸워야 한다는 각오였다. 그 길만이 과거 석방 운동을 벌여준 이들에게 보답하는 일이라 믿었다. 더 이상 중앙정보부장 김형욱 따위의 협박에 굴복하여 침묵할 수는 없었다. 이제 진실을 밝혀야 했다.

1974년 8월, 일본 도쿄에서 광복절 기념식 및 기자회견을 열었다.

"나는 '동백림사건' 때 서독에서 한국으로 납치되었습니다. 중앙정보부 요원들은 나를 지하실로 끌고 가 인격적인 모욕과 무지막지한 구타, 물고문을 자행했으며 간첩죄를 뒤집어씌웠습니다. 그때, 유럽과 세계 각지의 문화 예술인들, 그리고 서독 정부가 나의 석방을 위해 강력히 항의하고 규탄해 주었습니다. 박 정권은 그 압력에 굴복했고, 나는 비로소 자유의 몸이 되었습니다. 이 은혜는 결코 잊지 못합니다. 아울러, 나는 서독이 강력한 민주주의를 바탕으로 정치를 펼치면서 비록 외국인이라 할지라도 나의 인권을 끝내 지켜주었다고 확신합니다. 김대중 사건도 민주적으로 해결되기를 기대하며, 한국 정부에 다음과 같이 촉구하는 바입니다. 하나, 김대중 씨의 가택연금을 해제하라! 둘, 시인 김지하 씨를 석방하라!"

윤이상은 김대중 납치 사건 이후 한국의 정치 문제에 더욱 민감한 관심을 기울이는 한편, 직접적인 행동을 펼쳐 나갔다. 또한, 한국의 민주화를 촉구하며 구속된 양심수들의 조속한 석방을 촉구하는 기자회견을 하고 성명을 잇달아 발표했다.

그해 가을, 도쿄 시부야 공회당에서는 '윤이상의 저녁'이란 이름의 특별 연주회가 열렸다. 한국의 민주화를 촉구하는 취지에서 기획된 음악회였다. 타츠가 사찌오가 지휘한 도쿄 심포니 오케스트라는 2천2백 석의 좌석을 가득 채운 공회당을 감동의 도가니로 몰아갔다. 〈뤄양〉, 〈유동〉, 〈차원〉, 〈예악〉이 연주된 이날의 공연은 성황리에 끝났다.

유신정권이 절대 권력의 수위를 높여가자 해외 언론들은 연일 한국의 인권 탄압 실태를 비판하는 사설과 칼럼을 썼다. 1976년 8월, 도쿄에서 긴급국제회의가 열려 한국의 반민주 상황 개선과 자주적인 평화통일에 관한 의제를 긴급 상정했다.

아시아인들에게 직면한 공통의 문제점들을 토론하고 연대하는 목적으로 개최된 이 회의에는 해외 18개국의 국제회의 대표와 유럽, 미국, 아시아, 아프리카 등에서 온 지도급 인사 2천여 명이 참석했다. 이들은 한국의 유신정권을 반대하고 김대중과 김지하를 석방하라는 취지의 결의문을 만장일치로 채택하여 언론에 발표했다. 윤이상은 이 회의에서, 자유를 위해 싸우다 붙잡힌 민주 인사들의 석방을 호소하는 내용의 강연을 했다.

"유럽의 많은 친구가 나를 도와주지 않았다면 아마 나는 박 정권에 의해 죽임을 당했을 것입니다. 김지하, 김대중 씨 역시 무고하게 붙잡혀 있습니다. 여러분! 이들의 조속한 석방을 위해, 그리고 한국의 평화와 번영을 위하여 힘을 모아 주십시오!"

집회가 끝난 뒤 참석자들은 '김대중, 김지하를 석방하라!'고 쓴 플래카드를 들고 비 오는 거리에서 가두행진을 했다.

이 무렵 조국의 민주화를 염원하던 서독의 유학생들은 민주사회건설협의회를 결성하여 윤이상을 의장으로 추대했다. 1977년 8월에는 세계 11개국에서 참가한 1백여 명의 민주인사들이 모여 유신 반대와 민주 회복, 통일을 염원하는 뜻에서 한국민주민족통일해외연합(한민련)을 창립했다. 그러나 몽둥이를 든 우익 폭력배들이 회의장에 난입해 아수라장을 만들어 버렸다. 일본 경찰은 1시간 뒤에야 기동대를 보내 장내를 수습했다.

회의 결과 한민련 전(全)의장에는 유엔 한국 초대 대사를 지낸 뒤 미국에 거주하고 있던 임창영 박사가, 한민련 유럽본부 의장에는 윤이상이 추대됐다. 윤이상은 곧 뉴욕에서 '미국의 새로운 대한정책을 추구하는 회의'를 주제로 긴급국제대회를 개최했고, 이듬해인 1978년에는 유럽에서 한국문제긴급국제회의를 열었다.

1979년 10월, 박정희 대통령이 저격되었다는 소식이 뉴스 속보로 TV 화면에 나왔다. 18년 동안의 장기 집권이 끝나자, 서울에서는 민주주의 회복을 위한 학생들의 데모가 불붙기 시작했다. 윤이상은 그 소식을 독일 뉴스로 접하면서 조국에 민주화가 빨리 실현되기를 바랐다. 서울의 봄이 절정에 달할 무렵, 텔레비전에서는 또 한 번 놀라운 뉴스가 보도되었다.

"대한민국의 남쪽 도시 광주에서 정부 군인들이 시민과 학생들을 무차별하게 곤봉으로 때려 진압하고 있습니다. 이것은 실화입니다."

1980년 5월의 일이었다.

"아니, 저런!"

광주의 상황은 차마 눈 뜨고는 쳐다보기 힘들 만큼 처참했다. 계엄군들이 광주 시민과 학생들을 총검으로 찌르고 발포하는 장면이 그대로 보도되었다. 처절한 유혈극을 지켜보고 있자니 피가 거꾸로 치솟는 듯했다.

윤이상은 이 일을 음악으로 쓰지 않고서는 어떤 일도 할 수 없을 것 같았다. 눈을 감으면 아스팔트 바닥에 쓰러지는 학생들의 주검이 어른거렸다. 눈을 떠도 얼룩무늬 군복을 입은 계엄군들이 시민들을 향해 마구 총을 쏘아대던 모습이 현실인 듯 생생했다.

윤이상은 자신도 모르게 책상 앞에 앉아 연필을 들었다. 머릿속에서 격렬한 음표들이 난무하기 시작했다. 분노와 증오가 한데 뒤섞여 온몸이 떨려 왔다. 윤이상은 그럴 때마다 발작을 일으키려 하는 심장을 달래기 위해 손바닥으로 가슴을 지그시 눌러야 했다. 광주 민주화운동을 주제로 한 교향시곡인 〈광주여 영원히!〉가 탄생하는 순간이었다.

이 작품은 이제까지 자신이 써온 형태와는 달리 누구나 금방 알아들을 수 있는 음악 어법으로 작곡하고자 했다. 그러나 막상 작품을 시작하려 하면 파도처럼 휘몰아오는 격정에 사로잡혀 악상이 마구 뒤엉켜 버리기 일쑤였다. 그럴 때면 감정을 다스리기 위해 두 손으로 이마를 짚고 책상머리에서 오랫동안 침묵해야 했다.

작품을 쓰는 동안 깊은 슬픔이 차올랐다. 슬픔을 누르면 끓어오르는 분노가 찾아와 거친 음표와 황량한 악상을 쏟아놓았다. 이 모든 감정을 조절하고 다스려야만 작품을 이어갈 수 있었다. 윤이상은 마음을 진정시키려고 하루에도 몇 번씩 거실과 안방을 성큼성큼 걸어 다녀야 했다. 마당에 나와 긴 한숨을 몰아쉬던 윤이상은 책상 앞에서 몇 소절을 쓰고는 눈물을 뚝뚝 떨어뜨리고 말았다. 곡을 구상하고 악보를 쓰는 일 자체가 고통의 연속이었다.

무려 10개월에 걸쳐 곡을 완성했다. 광주민주화운동은 인류 역사상 유례없는 표본이라는 생각에 제목을 〈표본〉으로 붙였다. 대도시의 시민들이 사전 계획 없이 인권과 자유를 지키기 위하여 봉기한 것 자체가 하나의 표본이었다. 인권이 갈가리 찢긴 것 또한 표본이었다. 그러나 1981년 5월 8일 쾰른에서 초연될 때 윤이상은 제목을 〈광주여 영원히!〉로 바꾸었다.

곡의 초반부는 정적을 뚫고 말달려오는 듯한 타악기의 연타를 통해 시민군들의 궐기를 표현했다. 낮게 드리워지는 현악기의 뒤엉킴, 느리고 가라앉은 음률로써 학살의 비극을 암시했다. 경악과 침묵 가운데 죽은 자들의 원혼을 달래는 애잔한 곡조가 지나갔고, 마지막에는 트럼펫을 비롯한 금관악기들이 빛나는 음의 다발들을 이끌어냈다. 정의와 새로운 세상을 향해 나아가는 재행진의 제3부는 장엄한 곡조로 마무리되었다. 서독 쾰른시 라디오방송교향악단이 히로시 와카스키의 지휘로 연주한 〈광주여 영원히!〉는 청중에게 깊은 슬픔과 침묵, 고통의 바다를 체험케 한 대작이었다. 유럽인들은 비로소 광주의 아품을 공유하기 시작했다.

1982년이 되자 한반도에서는 여전히 정치적 금기인, 그러나 국제적으로 높은 위상을 차지하는 윤이상 음악에 대한 갈망이 더욱 커져 갔다. 이들의 갈망은 가을에 열린 대한민국음악제에서 열매를 맺었다.

문예진흥원이 주최한 제7회 대한민국음악제는 해외에서 활동하고 있는 한국 음악인들을 세종문화회관에 초청한, 뜻깊은 연주회였다. 마지막 양 이틀은 '윤이상 작곡의 밤'으로 정했다. 〈예악〉, 〈무악〉, 〈서주와 추상〉 등 총 8개 작품이 15년 만에 국내에서 연주되었다. 프랜시스 트래비스가 지휘봉을 잡았고 오보에 주자 하인츠 홀리거와 그의 부인인 하프 주자 우어줄라 홀리거가 무대에 섰다. 이 연주회는 4천 석의 표가 발매 열흘 만에 매진되는 대성공을 거두었다.

"윤이상은 과연 세계적인 작곡가임에 틀림없다. 온 인류는 이제 윤이상의 음악을 통해 한국의 마음을 알게 될 것이다."

연주회가 끝난 뒤 발표한 평문에서 음악평론가 박용구

는 윤이상의 천재성을 극찬했다.

　윤이상은 조국의 민주화를 위한 일이라면 그것이 짐이 되고 고통이 되는 일이라 할지라도 마다하지 않았다. 그럼에도 작품 쓰는 일만큼은 항상 철저했다. 작품마다 높은 수준을 유지했던 윤이상의 음악 밑바닥에는 동양 사상의 깊은 뿌리가 자리 잡고 있었다. 바로 이 점을 높이 평가한 서독 튀빙겐대학교에서는 1985년 1월 15일 윤이상에게 명예 철학박사 학위를 수여했다.

　조국에서 민주화 요구가 거세어지던 1987년 2월경 윤이상은 칸타타 〈나의 땅, 나의 민족이여!〉를 쓰기 시작했다. 민족의 가슴에 안겨주고 싶은 곡을 꼭 쓰고 싶었던 것은 오래된 소망이었다. 윤이상은 한 달간 집중하여 악보를 완성했다. 이 곡에는 조국에 바치는 윤이상의 진실한 마음이 담겨 있었다.

　윤이상은 이 칸타타를 쓰기 위해 한국의 대표적 시인들인 박두진, 문익환, 고은, 백기완, 박봉우, 문병란, 양성우, 김남주, 정희성 등의 시집 48권을 주의 깊게 읽었다. 시인들은 대부분 군사정부에 저항하다가 투옥된 경험이 있었다. 윤이상은 이 중에서 가려 뽑은 시 11편을 골라서 하나의 흐름 속에 긴 장시로 엮어냈다. '민족의 역사', '현실 1', '현실 2', '미래'라는 4개의 주제로 나눈 뒤 여기에 곡을 붙여 합창, 독창이 관현악과 어우러진 전 4악장의 칸타타를 썼다.

이 곡의 초연은 한국에서 해야 마땅했다. 하지만 전두환 군사정부는 윤이상의 입국을 금지했다. 이에 비해 북한 정부는 1982년부터 해마다 가을에 윤이상음악제를 개최할 만큼 윤이상의 음악을 높이 평가해 주었다. 1984년에는 평양에 윤이상음악연구소가 개관되었다. 이때부터 북한의 연주자들은 윤이상 음악을 본격적으로 연주하였다. 특히 음악학자들은 윤이상 음악의 면면들을 학문적인 연구 대상으로 삼아 체계적으로 분석해 나갔다.

남한과 북한을 차별 없이 내 동포라 여기는 윤이상은 이에 보답하는 차원에서 북한 국립교향악단을 꾸준히 지도해 주었다. 이 같은 인연으로 〈나의 땅, 나의 민족이여!〉는 1987년 10월 5일 평양 국립교향악단의 연주와 김병화의 지휘로 만수대예술극장에서 초연이 되었다.

하늘과 땅의 축복으로

비와 눈과 바람과 이슬의 축복으로

자유와 평등, 정의와 평화를 누리는 나라

문익환의 시가 울려 퍼지는 가운데 역사의 격랑을 헤치고 나아가는 민중의 모습이 그려졌다. 비탄에 잠긴 합창, 절규하는 독창, 온 세상을 들부수고 녹여 버릴 듯한 연주가 처음부터 끝까지 장내에 진동했다. 이날의 연주회는 평양 전체가 들썩거릴 정도로 대성황을 이루었다.

1987년은 윤이상의 에너지가 마음껏 분출된 시기였다. 잇따라 중요한 작품들이 쏟아져 나왔다. 만 70세 생일 기념으로 뮌헨의 텍스트와 크리틱사가 「작곡가 윤이상」이라는 제목의 논문집을 출간해 주었다.

베를린 탄생 7백50주년 기념 행사의 하나로 위촉받은 〈바리톤 독창과 대관현악을 위한 교향곡 5번〉도 초연했다. 한스 첸더의 지휘, 바리톤 디트리히 피셔 디스카우의 독창으로 베를린필하모니교향악단이 연주를 맡았다.

〈교향곡 5번〉은 1983년부터 한 해에 한 편씩 써서 최종 5번으로 마무리한 것이어서 특별한 의미가 있었다. 1960년대 이후 터득해온 작곡 기법과 동아시아의 지역성을 벗어나 비로소 세계사 속의 넓은 공간을 확보하게 된 전환점이 된 작품이었다. 인류 전체를 향한 다양한 메시지의 연관성으로 인해 하나의 통일성이 깃들어 있었다.

윤이상은 한 해도 거르지 않고 중요한 곡들을 연달아 써서 발표하는 열정적인 작곡가였다. 이 같은 노력이 밑받침된 까닭에 그는 이미 유럽 음악계의 거장으로 우뚝 서게 되었다. 1988년 5월 21일, 리하르트 폰 바이츠제커 대통령은 71세의 윤이상에게 훈장을 수여하면서 이렇게 말했다.

"우리 독일 정부는 윤이상 선생의 빛나는 예술혼을 높이 평가하여 '독일연방공화국 대공로훈장'을 드립니다."

범민족통일음악회

1987년 7월 1일, 윤이상은 도쿄에서 기자회견을 열어 남북한 정부에 의미심장한 제안을 하나 했다.

"겨레의 하나 됨을 위해 남북한 음악인들이 먼저 만나 민족합동음악축전을 개최하기를 희망합니다."

윤이상이 이 음악축전에서 제일 중요하게 여긴 것은 남북한 양측이 민족의 동질성을 재확인하는 것이었다. 서로가 한 핏줄임을 인식하여 민족 화합을 위한 큰 행사를 개최함으로써 평화를 바라는 우리 민족의 염원을 전 세계에 보여주자는 것이 골자였다. 남북 이산가족이 중심이 되어 청중으로 참석해야 한다는 것도 잊지 않고 강조했다.

제안을 내놓은 뒤 몇 해가 흘렀으나 아무런 진전이 되지 않았다. 설상가상 병마가 찾아와 윤이상은 갖은 고생을 했다. 병색이 깊어 갔지만 포기하지 않고 백방으로 노력을 거듭한 끝에 윤이상은 남북 음악제의 결실을 이끌어 냈다.

남북통일음악제의 밑그림은 윤이상의 클라도우 자택에서 그려졌다. 이 음악제의 준비위원장인 윤이상은 남측의 참가자 명단이 빨리 확정되기를 기대했다. 이화여대 국악과 황병기 교수는 남측 단장으로서 참가자 17명의 명단을 작성하여 한국의 통일원에 신청했다. 윤이상은 제자 윤인숙 편에 북측 초청장을 통일원으로 전달하게 했다. 통일원은 곧 열일곱 명에 대한 최종 승인을 해주었다. 음악제는 이제 수면 위로 급부상하기 시작했다. 3년여에 걸친 윤이상의 노력이 마침내 꽃을 피우고 있었다.

1990년 10월, 평양에서는 범민족통일음악회의 개최를 앞두고 뜨거운 흥분에 휩싸였다. 윤이상은 이 무렵 건강이 극도로 악화되어 있었다. 주치의는 외출을 금했지만 윤이상은 산소 호흡기를 낀 상태로 평양에 갔다. 10월 14

일 오전 11시, 서울전통음악연주단 일행 17명이 단장 황병기 교수와 함께 판문점을 지나 북측 땅을 밟았다. 민간단체로는 첫 번째로 분단 45년 만에 군사분계선을 넘은 역사적인 순간이었다.

그날 밤 평양에 도착한 서울전통음악연주단을 환영하기 위한 북측 준비위원회의 환영 행사에서 남과 북의 문화예술인들은 한 핏줄 한 동포라는 인식 속에 하나가 되어 갔다. 〈도라지〉, 〈고향의 봄〉, 〈봉선화〉, 〈평북 영변가〉, 〈볏가을하러 갈 때〉 등 만수대예술단 예술인들이 흥겨운 노래를 불러 환영식장의 분위기를 고조시켰다.

서울 대표들도 북측 대표들과 더불어 남도창의 노랫가락을 주거니 받거니 부르면서 잠시 가졌던 긴장감을 떨쳐 냈다. 마치 이웃 동네 잔칫집에 온 마을 친구들처럼 마음껏 신명을 내었다. 이날 경남 진주 출신의 판소리 명창 오정숙이 육자배기를 구수하게 부르자 장내 분위기는 더욱 뜨겁게 달아올랐다. 그 자리에 참석한 윤이상과 이수자의 눈에서 뜨거운 감격의 눈물이 흘러내렸다.

1990년 10월 18일, 마침내 평양의 4·25문화회관에서 범민족통일음악회의 개막식이 열렸다. 대회 준비위원장인 윤이상이 연단에 나와 개막 연설을 했다.

"오늘 남과 북에서, 그리고 해외 각지에서 첫 번째 범민족통일음악회를 열기까지는 분단된 뒤로부터 어언 45년의 세월이 흘렀습니다. 이 역사적인 자리에서 부르는 즐거운 통일 노래가 반드시 7천만 겨레에게 단결과 평화의 결실로 이어지기를 희망하면서, 범민족통일음악회 개막을 선언하는 바입니다."

개막 연설이 끝나자 〈조국은 하나다〉라는 제목의 우렁찬 노랫소리가 문화회관을 가득 메웠다. 동시에 한반도의 모양이 그려진 범민족통일음악회의 상징 깃발이 게양대 위로 드높이 올라가 나부꼈다. 윤이상은 개막식 연설 이후 목이 잠겨서 말조차 할 수 없었다. 이수자는 숙소에 누워 있는 윤이상을 내려다보며 이마를 쓸어 넘겼다.

"가엾어라. 오늘 저녁에는 합수식이 있고 내일은 본 공연이 시작되는데, 연설할 일이 많은 당신의 목을 어떻게 해야 하지요?"

윤이상은 주치의의 당부대로 말을 아끼며 눈으로만 웃

었다. 몸은 비록 병들어 힘들었지만 말할 수 없이 행복한 표정이었다. 마치 그 옛날의 연애 시절로 되돌아간 것처럼 눈빛만은 여전히 밝게 빛나고 있었다.

그날 저녁 인민문화궁전에서는 서울연주단이 한라산 백록담에서 떠온 물과 북측 예술인들이 백두산 천지에서 떠온 물을 하나로 합치는 합수식이 거행됐다. 남과 북, 그리고 해외 문화 예술인들이 대연회장을 가득 메운 가운데 뜻깊은 합수식을 지켜보고 있었다.

서울 대표 황병기와 북한 대표 김원균이 한라산과 백록담의 물을 백자 꽃병 단지에 부어 합수하자 윤이상은 두 손을 높이 맞잡아 하늘과 땅에 축원을 올렸다.

"조선의 기상을 안고 장엄하게 서 있는
백두산 천지 물아!
조국 남단의 한라산 백록담 물아!
이 합수된 물을 우리의 정기로 삼아
우리는 조국 통일을 위한
성업에 모든 힘을 바쳐 가리라

조국 통일 만세!"

대연회장의 모든 참가자가 저마다 술잔을 높이 들었다. '건배!'를 외치는 소리가 장내를 쩌렁쩌렁 울리는 가운데 모두의 눈에서 감격의 빛이 어른거렸다.

1990년 10월 19일 범민족통일음악회가 그 화려한 막을 올렸다. 4·25문화회관의 6천 석을 가득 메운 관람객들이 지켜보는 가운데 맨 먼저 서울전통음악연주단이 본격적인 공연을 시작했다. 출연자들이 그리움을 담은 시조 〈창내고자 창을 내고자〉를 비롯해 시조와 민요, 심 봉사 눈뜨는 대목을 노래한 판소리를 연이어 연주하자 장내의 참가자들과 관람객들은 깊은 동포애를 느끼며 말할 수 없는 행복감에 젖어들어 갔다. 서울전통음악연주단의 공연은 우리 민족의 따뜻한 정을 새록새록 일깨워주었다.

만수대예술극장과 평양대극장, 청년중앙회관, 모란봉극장, 봉화예술극장 등 6개 대극장에서 동시에 공연이 시작되었다. 이 공연은 23일 폐막식을 할 때까지 닷새 동안 이어졌다. 이념과 정치색을 빼고 한민족의 신명과 역동

성, 탁월한 예술성만을 도드라지게 하며 절정으로 끌어
올린 7천만 민족의 커다란 잔치였다.

폐막식이 끝나자 범민족통일음악회에 참가한 사람들
이 모두 평양 거리로 쏟아져 나왔다. 사람들은 '조국 통일'
이라 쓴 머리띠를 둘렀고 '민족은 하나다'라고 쓴 어깨띠
를 두른 가운데 거리 행진을 벌였다. 참가자들이 행진할
때 인도를 가득 메운 평양 시민들이 손에 든 꽃다발을 흔
들어주며 한목소리로 크게 외쳤다.

"조국 통일!"

평양 시민들은 남측에서 온 대표단원들과 해외에서 온
일행들에게 가까이 다가와 청자 꽃병을 하나씩 나누어 주
었다. 모두의 눈에서 뜨거운 눈물이 흘러내렸다. 그때 윤
이상도 이들과 함께 '조국 통일'을 외치며 평양 거리를 걷
기 시작했다.

"윤 선생님, 지금 이렇게 걷다가는 큰일 납니다."

주치의가 팔을 잡아끌다시피 하여 간신히 차에 태웠
다. 윤이상은 이튿날까지 꼼짝을 못하고 누워 있어야만
했다. 하지만 그의 마음속에는 한없는 기쁨이 샘솟고 있

었다.

평양에서 개최된 범민족통일음악회의 열기는 곧이어 서울에까지 이어졌다. 그해 12월 9일 서울에서는 평양의 대표단 33명이 참여한 가운데 '서울 송년음악회'가 열렸다. 10월의 범민족통일음악회에 참가한 서울 대표단이 판문점을 넘어 북으로 갔듯이, 북측 대표단도 판문점을 넘어 남으로 왔다.

서울 예술의전당에서 개막된 첫 공연에서는 1부를 남측이, 2부는 북측이 연주했다. 남측 음악단은 1부 공연에서 〈표정만방지곡〉, 〈거문고산조〉, 〈남도민요〉, 황병기 교수의 〈침향무〉 합주, 창극 〈심청의 부녀 상봉 눈 뜨는 장면〉이 연주됐다. 남측의 마지막 순서는 국수호 안무로 〈북의 합주〉를 연주하는 것으로 장식했다. 북측 음악단은 여성민요 5중창 〈아리랑〉, 3중창 〈신고산타령〉, 민요 독창 〈평북영변가〉, 〈바다의 노래〉, 〈해당화〉, 가야금 독주, 병창 〈옹혜야〉, 인민배우 김진명의 전통민요 〈배따라기〉, 〈박연폭포〉 등이 연주됐다.

서울에서의 합동연주회가 모두 끝나자 참가자들이 모

두 손에 손을 잡고 통일의 노래를 불렀다. 참가자들이 부르는 합창은 예술의전당을 가득 채웠고 사람들의 가슴을 울렸다.

'남과 북에서 통일음악회가 차례로 진행되니 이 얼마나 다행인가. 부디 이 음악회가 계속되기를. 한반도의 허리에 놓인 냉전과 분단의 철조망을 하루빨리 걷어치우는 전환점이 되기를.'

윤이상은 병상에서 거듭 기원하기를 잊지 않았다. 그의 마음 깊은 곳에는 어느덧 통일의 노래가 가득 차올랐다.

끝내 가지 못한 고향

윤이상의 병은 더욱 위중해졌다. 8개월간 무려 세 번이나 더 입원해야 했다. 이 무렵 국제현대음악협회 총회에서는 병상에 누워 있던 윤이상을 명예회원으로 추대했다.

"온 세계를 통틀어 8명밖에 되지 않는 국제현대음악협회 명예회원에 유일한 동양인으로 추대되었으니, 영광스러운 일이에요. 당신의 음악에 월계관을 씌워 준 것과 같지요."

이수자가 남편의 손을 잡으며 말했다. 그 말에 윤이상은 엷게 웃었다.

병상에서도 작곡은 멈추지 않았다. 1992년 스위스 바젤에서 아마티 4중주단에 의해 세계 초연된 〈현악 4중주곡 6번〉, 네덜란드 암스테르담 페스티벌에서 초연된 바이올린과 소관현악을 위한 〈협주곡 3번〉, 하노버에서 초연된 관현악을 위한 전설 〈신라〉, 클라리넷·파곳을 위한 〈3중주〉, 함부르크에서 초연된 첼로와 피아노를 위한 〈공간 1〉, 베를린 필에서 초연된 〈호른·트럼펫·트롬본·피아노를 위한 4중주〉 등의 작품들이 이 기간에 탈고되어 세상에 나왔다. 삶의 심지가 가느다랗게 사위어 가면서도 오히려 더욱 찬란한 음악의 불꽃을 피우던 시기였다. 윤이상의 생일날인 1992년 9월 17일, 독일연방공화국의 리하르트 폰 바이츠제커 대통령이 축전을 보내왔다.

"윤이상 선생님, 75세 탄생일을 축하합니다. 선생님의 예술에 깊은 존경을 표합니다."

그해 겨울, 함부르크자유예술원에서 윤이상에게 공로상을 주었다. 뒤늦은 생일 선물인 셈이었다. 다사다난했던 한 해가 지났다. 호흡하기가 더욱 어려워졌다. 병원에서는 폐에 구멍이 뚫렸다면서 응급 치료를 했다. 윤이상은 휴양지 하르츠에서 요양하면서도 작곡을 계속했다.

1994년 들어 한국에서는 윤이상 음악에 대한 관심이 고조되었다. 이 같은 분위기가 지속되면서 12년 만에 윤이상음악제를 다시 개최하고자 하는 민간 차원의 노력이 무르익어 갔다.

"나는 이제 힘이 없지만, 그렇지만 한 번만이라도 조국 땅을 밟는 것이 소원이오. 귀국한다면 고향에 들를 거요. 선산에 찾아가 참배한 뒤 흐트러진 무덤과 비석들을 추스르고 싶소. 그리고 통영 앞바다를 바라보며 한없이 서 있거나, 날씨가 좋으면 낚시도 하고 싶다오."

윤이상은 아내 이수자에게뿐만 아니라, 문병 온 사람들에게도 이런 말을 하곤 했다.

한국에서 열릴 예정인 이 음악제 때문에 한국 신문의 특파원들이 클라도우 자택에 몰려든 적이 있었다. 그때 기자 가운데 한 사람이 통영에서 잡은 멸치 한 부대를 선물했다. 윤이상의 눈에는 금세 눈물이 번졌다.

"이 멸치가 정말 통영에서 온 멸치란 말이오?"

떨리는 목소리로 말하며 감격에 겨워했다. 간신히 마음을 진정시킨 윤이상은 마치 어린애처럼 한마디 했다.

"내가 만약 이번에 한국 땅을 밟는다면 고향에 가서 실컷 울어보고 싶소."

윤이상의 눈은 마치 꿈을 꾸고 있는 것 같았다. 기자들과 인터뷰를 하던 그때 갑자기 전화벨이 울렸다. 전화를 건 사람은 한국의 고위 관리였다. 윤이상은 기자들에게 양해를 구한 다음 전화를 받았다. 처음에는 반갑게 통화를 하던 윤이상의 목소리가 갑자기 커졌다.

"아니, 내가 왜 그걸 써야 하오? 그건 안 될 말이오."

한국 관리는 윤이상이 한국을 방문하기에 앞서 반성문을 써 달라고 요구했던 것이다. 과거의 행적을 반성하고 앞으로 일체의 정치 활동을 하지 않겠다는 내용의 준법서약서는 일종의 반성문이고 정치적인 항복 문서였다. 윤이상은 이 전화를 받고 나서는 호흡이 가빠지는 증상에 시달렸다. 통화를 마친 윤이상의 표정은 몹시 침통했다.

이 무렵 김영삼 정부의 부총리가 한 통의 편지를 보내왔다. 이 편지는 내용만 부드러웠을 뿐 한국 고위 관리가 전화한 내용과 한 치의 어긋남이 없었다.

"존경하는 윤이상 선생님, 이번 음악회에 오시기 전에,

'지난날 국민들에게 심려를 끼쳐 미안하다'는 것과 '앞으로 예술에만 전념하겠다'는 뜻을 적어 주십시오. 그러면 입국하시는 데 불편함이 없도록 하겠습니다."

이 편지를 읽고 윤이상은 곧 답장을 썼다.

"나는 평생 조국을 사랑해왔습니다. 병든 몸으로 귀향하는 마당에 오직 명예 회복 외에는 바랄 게 없습니다. 확실한 명예 회복을 공표하지 않는다면 영원히 고향 땅을 밟지 못할 것입니다. 더는 다른 의사 표현을 바라지 말아 주십시오."

77세의 윤이상이 간절히 바라는 것은 완전한 명예 회복이었다. 따라서 38년 만에 자유인으로서 한국을 방문하려던 계획은 취소할 수밖에 없었다.

윤이상은 심장 발작이 심해 한 달간 입원 치료를 받았다. 그런 뒤 휴양지 하르츠에 머물며 가을 내내 〈클라리넷과 현악 4중주를 위한 5중주 2〉와 교향시곡 〈화염 속의 천사〉, 〈에필로그〉를 썼다.

〈화염 속의 천사〉는 반독재 투쟁이 원천 봉쇄 국면으로 치달아가던 1991년 봄의 상황을 그린 작품이었다. 한국의 대학생들이 민주화와 민족 통일에 대한 의지를 분신자살이라는 극한의 방법으로써 보여주던 것에 대한 진혼가였다. 조국의 동포들을 위하여 쓴 마지막 관현악곡인 이 곡은 그해 9월 17일 자신의 77세 생일에 완성되었다.

1994년 9월, 윤이상이 불참한 가운데 한국에서 윤이상 음악제가 열렸다. 이즈음 윤이상은 춥고 음울한 날씨의 베를린보다 따뜻한 일본에서 겨울을 날 생각으로 도쿄에 갔다. 범민련 해외본부 의장직도 반납했다. 지인들에게 청하여 배를 타고 통영 근처까지 갔다. 아픈 몸을 이끌고 시모노세키를 떠난 윤이상은 남해안 근처까지 나아가 멀리 수평선 너머를 하염없이 바라봤다.

"보시오. 저기 보이는 저곳이 내 고향 통영이오."

생애 마지막으로 고향에 가려던 꿈은 끝내 무산되었지만 바다 저 너머에 있는 고향 땅을 바라보는 것으로 그리움을 달랬다. 찬 바닷바람을 맞은 까닭인지 폐렴이 더욱 악화되었다. 한 달 보름 동안 병원에 입원했던 윤이상은 아내에게 빨리 독일로 돌아가자고 말했다.

"여보, 나는 일본 땅에서 죽고 싶지는 않소."

일본 땅에서 뼈를 묻을 순 없었다. 1995년 2월, 윤이상은 베를린으로 돌아왔다. 이틀 뒤에는 다시 병원 신세를 졌다. 독일 바이마르의 괴테상 심사위원들이 병상의 윤이상에게 괴테상을 수여했다. 윤이상이 이룩한 불멸의 예술혼에 깊은 존경을 표한 것이다. 독일 자르브뤼켄방송국에서는 '20세기를 이끈 음악인 20명'에 윤이상을 선정했다. 윤이상은 그 20명 중에서 유일한 동양인 음악가였다.

1995년 9월 26일, 베를린축제 주간의 음악회에서 윤이상이 쓴 〈클라리넷과 현악 4중주를 위한 5중주 2〉가 초연되었다. 주최 측의 간청에 못 이겨 음악회장으로 갔다. 시벨리우스 현악 4중주단의 연주를 지켜보던 윤이상은 몸 상태가 좋지 않았다. 정신력으로 버티며 끝까지 자리를 지켰다. 연주회는 대성공이었다. 이것은 윤이상이 공식적으로 참여한 자신의 마지막 음악회가 되었다.

궂은 날씨에 바깥바람을 오랫동안 쐰 것이 독이 되었다. 아픈 몸으로 한 자리에 오래 앉아 있었던 까닭인지 병세가 갑자기 위독해졌다.

병원에 가서 진찰을 받았다. 주치의는 뒤늦게 병원에 온 것을 나무라는 듯한 표정으로 다급하게 말했다.

"빨리 입원하셔야 합니다. 위중한 상태입니다."

윤이상은 주치의와 아내의 권고를 받아들여 입원했다. 이미, 다른 조치를 하기가 어려울 정도로 악화된 상태였다.

위급하다는 소식을 들은 플루트 주자 로스비타 슈테케 교수 부부가 응급실로 뛰어왔다. 아들 우경은 그때 미국 영주권을 신청해 놓은 상태라 올 수 없었다. 딸 정이 서둘러 아버지를 보러 왔다. 이수자는 병원에 특별 신청을 하여 보호자 침대를 두고는 아침부터 밤까지 꼬박 남편 곁을 지켰다. 오랜 벗인 프로이덴베르크 교수도 친구의 손을 꼭 잡아주었다.

"여보, 당신은 민족과 조국을 위해 할 도리를 다했어요. 예술가로서도 당신은 많은 일을 해냈으니 마음 편안하게 가세요."

1993년 11월 3일, 이수자가 남편의 귓가에 다정한 목소리로 속삭여주었다. 윤이상의 입술에 잠시 평안한 미소가 떠올랐다가 가라앉았다. 사랑하는 가족과 절친한 친구가 지켜보는 가운데 윤이상은 한 마리 나비가 되어 창문으로 날아올랐다. 창문 밖에서는 환한 햇살이 비추다가 사라졌다. 겨울비와 우박이 바람을 맞아 섞어 치더니, 금세 탐스러운 흰 눈으로 바뀌어 세상을 소복하게 덮어주고 있었다

2장

부서진 바이올린

바이올린 선율이 흐르는 마당을 누군가가 급히 걸어오고 있었다. 그 발걸음이 멈추고, 마룻장 위로 성큼 오르더니 이내 문을 벌컥 열어젖혔다.

"네 이놈! 내 그토록 일렀거늘, 당장 그만두지 못해?"

아버지였다. 아버지는 방 안으로 들어서더니 불같이 화를 냈다.

"왜, 그러세요……?"

"허, 이 고연 놈. 말귀를 못 알아듣는군. 에잇!"

바이올린 곡을 연습하던 윤이상이 놀라서 쳐다보자, 아버지가 바이올린을 홱 낚아챈 뒤 마당으로 힘껏 내동댕이쳐 버렸다. 바이올린은 마당에 떨어져 박살 나고 말았다.

"다시는 이따위 것 가지고 풍각쟁이 노릇을 하지 마라!"

아버지는 성난 얼굴로 오금을 박은 뒤 휑하니 사랑채로 건너가 버렸다. 윤이상은 마당에 흩어진 채 뒹구는 바이올린 조각을 멍하니 바라보고는 어깨를 들썩이며 울었다. 아까부터 부엌에서 이 모양을 지켜보고 있던 어머니가 가만히 다가와 윤이상의 어깨를 감싸 안았다.

"에구, 네가 이토록 좋아하는 것이 다 망가졌으니 이를 어쩌누, 쯧쯧."

윤이상은 어머니의 가슴에 안겨 서러운 눈물을 흘렸다. 식사 시간이 되었지만 밥도 먹지 않고 종일 방에 틀어박혀 울고 또 울었다. 아버지에 대한 원망과 미움은 시간이 지나도 가시지 않았다. 윤이상은 온몸에 열이 났고, 이 때문에 한동안 앓아누워야 했다.

며칠 후, 아들이 혹시 잘못될까 봐 애를 태우던 어머니는 아버지께 간청하여 어렵게 첼로 한 대를 사주었다. 여러 악기 중에서도 첼로는 특히 윤이상의 마음을 끌었다. 뛰어난 선율미와 깊고 그윽한 낮은 음색, 사람의 감정까지 풍부하게 전달해주는 크고 듬직한 첼로는 윤이상의 마음을 단번에 사로잡았다. 완고한 아버지였지만 아들이 소리 죽여 첼로 곡을 연습하는 것만큼은 모른 척해 주었다.

윤이상은 무거운 첼로를 메고 바다가 보이는 뒷산에 자주 올랐다. 바이올린을 켜며 익혀 두었던 곡들을 때때로 첼로로 연주하노라면 마음은 바다 건너 머나먼 나라에 가 있는 듯했다. 첼로는 우울했던 윤이상에게 새로운 힘을 실어 주었다.

보통학교를 졸업할 무렵, 아버지는 윤이상에게 상업학교에 가야 한다고 강조했다. 하지만 윤이상은 음악 공부를 하겠다고 말했다. 아버지는 이 말에 대해, 상업학교에 진학한다고 약속하면 음악 활동하는 것을 허락하겠다고 조건을 달았다. 답이 정해진 마당에 더는 언쟁할 필요가 없었다. 윤이상은 하는 수 없이 상업학교에 진학하겠다고 약속했다. 막상 상업학교에 진학했지만 적성에 전혀 맞지 않았다. 1년여의 세월이 아깝기만 했다.

어느 날, 윤이상은 부모님께 말 한마디 없이 집을 나와 버렸다. 말로만 듣던 가출을 자신이 하게 될 줄은 몰랐다. 서울에 도착한 윤이상은 수소문한 끝에 바이올리니스트

최호영을 찾아갔다. 최호영은 음악가인 프란츠 에케르트의 2대 제자였다. 사정 이야기를 했더니 그가 고개를 끄덕이며 품을 열어주었다.

이때부터 윤이상은 최호영의 제자가 되었다. 윤이상은 조그만 가게의 점원으로 취직해 일하면서, 최호영에게서 고전음악과 현대음악을 함께 공부했다. 윤이상이 아버지께 편지를 썼지만 돌아온 것은 차가운 답장이었다.

"이제 너는 이 애비하고는 상관이 없는 사람이다."

최호영은 윤이상에게 음악 이론을 가르쳤고, 악기 연주하는 법도 새로 가르쳤다. 첼로와 바이올린 연주법은 물론, 피아노도 배웠다. 또한 화성학과 대위법 및 음악이론과 총보 보는 법까지 배웠다.

막상 총보에 관해 공부하려 하니 쉽지 않았다. 체계적인 음악 공부가 필수적이라는 생각이 들었다. 부족한 것을 채우기 위해 틈 날 때마다 도서관에 가서 서양의 고전음악을 공부했다. 윤이상은 파울 힌데미트와 리하르트 슈트라우스 등에 관심이 생겼다. 현대음악가들의 음악을 더 폭넓게 이해해야겠다는 생각이 들었다.

윤이상이 도서관에서 목마르게 찾았던 것은 서양 현대 음악의 흐름이었다. 윤이상은 청계천 헌책방에도 틈틈이 찾아가서 음악에 관한 책을 사 보곤 했다. 그런 뒤, 밥 먹는 시간이 아까울 정도로 책을 마구 읽어댔다.

2년이 지난 뒤, 최호영은 윤이상에게 일본 유학을 권했다.

"이제 나에게 배울 것은 없네. 자네는 더 넓고 큰 세상에 나가는 게 나을 거야. 일본으로 가는 게 좋을 걸세. 지금 일본에는 유럽에서 서양 현대음악을 배워 온 음악가가 많아."

통영에 돌아온 윤이상은 아버지께 간신히 허락을 얻고는 일본 유학길에 올랐다. 아버지는 이때도 상업학교에 간다면, 이라고 단서 달며 음악을 단지 취미로만 하라고 못을 박았다.

일본 유학

아버지에게서 학비와 방 얻을 비용을 받은 윤이상은 곧 일본으로 떠났다. 오사카에 도착하자마자 상업학교에 들러 입학 수속을 마친 뒤, 오사카음악학교에도 입학 원서를 제출했다. 입학시험은 현악 4중주곡 두 편을 제출하는 것으로 대신했다. 그 곡들을 유심히 들여다본 음악 선생이 입학을 허락했다.

오사카음악학교에서는 음악 이론과 작곡을 배웠다. 첼로와 바이올린 등의 악기들을 연주하는 법도 체계적으로 다시 배웠다. 집에서 보내준 돈은 금방 바닥났다. 아르바이트를 해서 번 돈으로 싸구려 첼로를 한 대 구입했다. 그러나 아르바이트를 하다 보면 학교에서 과제로 내준 연주곡을 연습할 시간조차 없었다.

오사카에 온 지 1년여가 지난 뒤 윤이상은 죽마고우인 최상한과 함께 도쿄의 빈방을 얻으러 돌아다녔다. 가는 곳마다 '조선인 사절'이라는 글씨가 붙어 있어서 한나절을 돌아다녀도 방을 구하지 못했다. 둘은 종일 방을 얻으러 다닌 끝에 산동네 판잣집의 방 한 칸을 겨우 얻을 수 있었다. 그곳은 형편없는 빈민촌이었다. 학비를 벌기 위해 고된 일을 해야 했다. 가끔 보내오는 아버지의 편지에서는 가난한 살림의 냄새가 흥건히 묻어나왔다.

일본에 온 지 2년이 되어 가던 어느 날, 어머니가 돌아가셨으니 빨리 집으로 오라는 전보가 날아들었다. 윤이상은 급히 귀국해야 했다.

"이상아, 너를 뱃속에 가지고 있을 때, 꿈을 하나 꾸었단다. 용이 지리산 등성이 위로 날아오르려고 몇 번이나 몸을 뒤채다가 피를 흘리고 있더구나. 상처 입은 용이었단다."

어릴 적 어머니가 윤이상의 얼굴을 쓰다듬으며 들려주던 말이 생각났다. 논두렁이나 밭두렁에서 고운 목소리로 노래를 곧잘 불렀던 어머니였다. 깨진 바이올린 앞에서 윤이상을 감싸 안으며 따뜻하게 위로해주던 어머니가 다른 세상으로 갔다는 게 믿어지지 않았다. 그래서 가슴이 더욱 미어졌다.

스무 살이 된 윤이상은 집에서 가장 역할을 해야 했다. 그 무렵, 선배 한 사람이 일자리를 소개해 준 덕분에 산양읍의 산간마을에 있는 작은 보통학교에서 교사로 일하게 되었다. 통영 근교에 있는 그 학교의 이름은 화양학원이었다. 모든 학교는 반드시 일본어로 수업을 진행해야만 했던 시절이었다. 하지만 윤이상은 학교에서 수업할 때 조선어로 가르쳤다. 우리나라 역사에 대해서도 자세히 알려주었다.

"오늘은 선생님이 유관순 누나 이야기를 해 줄게. 유관순 누나는 1919년 4월 1일 아우내 장터라는 곳에서 만세 운동에 앞장서다 그만 일본 헌병대에 붙잡혀 가고 말았단다. 결국, 서울 서대문형무소로 끌려가 감옥 생활을 하던 중 모진 고문을 받다가 돌아가셨지."

듣고 있던 아이들의 눈망울이 촉촉해졌다.

이 작은 학교에서 순박한 아이들을 가르치는 일은 정말 좋았다. 투명한 공기 또한 머리를 상쾌하게 해주어서 작곡을 하기엔 더 없이 좋은 환경이었다. 그즈음 윤이상은 오페라에 관심이 많아서 오페라 음악에 관한 책들을 닥치는 대로 읽고 있었다.

화양학원의 근처엔 호주에서 온 선교사의 집이 있었다. 개신교 목사인 선교사는 윤이상에게 특별한 호의를 베풀어 주었다.

"윤 선생님, 저희 집은 늘 열려 있습니다. 풍금이 있으니 노래도 하고 연주도 해주십시오. 윤 선생님이 오신다면 언제든 환영하겠습니다."

어릴 적 처음 본 서양 악기가 풍금이었기에 귀가 번쩍 뜨였다. 그날부터 윤이상은 친구들과 함께 선교사의 집을 자주 방문하여 풍금을 쳤다. 그곳은 윤이상의 휴식 장소이자 재충전의 장소였다. 가끔은 음악회장이 될 때도 있었다. 실내악이 연주되기도 했고, 친구들과 더불어 가곡을 중창으로 부르거나 오페라 아리아를 부르는 날도 있었다. 때로는 윤이상의 독창으로 음악회가 끝나는 날도 있었다. 찬송가와 가곡과 아리아와 실내악이 어울리는 밤은 여름에서 가을까지 이어졌다.

친구들과 더불어 연주를 끝낸 뒤엔 으레 선교사와 더불어 저녁 식사를 했다. 연주와 독서가 행복하게 어우러지자 윤이상의 마음속에 도사린 음들이 실타래처럼 풀어져 나왔다. 늦은 밤부터 곡을 쓰다 보면 자정을 넘기는 일이 다반사였다. 새벽녘까지 악상을 떠올리느라 고생이 많았지만 곡이 완성되면 말할 수 없이 기뻤다. 《목동의 노래》는 이 같은 분위기에서 나온 첫 동요집이었다. 윤이상은 음악가들과 지인들에게 이 책을 보냈다.

동요집에 대해 긍정적으로 평가한 음악가도 있었지만 악평을 한 평론가도 있었다. 윤이상은 이 일로 몹시 마음이 상했다. 자신의 영혼이 무참히 짓밟힌 기분이 들어 견딜 수 없었다.

'나에게 음악이란 진정 무엇인가.'

많은 고민을 한 끝에 도달한 결론은 이번 일을 계기로 자신을 다시 돌아보고 재정비해야 한다는 것이었다. 그것이 국토 기행의 이유를 제공해 주었다.

윤이상은 가방 속에 조그만 천막을 개켜 넣은 채 무작정 무전여행을 떠났다. 때로는 신작로와 산길을 걸었고, 때로는 오솔길과 바닷길을 걸었다. 길의 끝은 신의주였다. 국토의 곳곳을 두루 다니다 보니 이 나라 산천 어딘들 정겹지 않은 곳이 없었다. 두메건 논두렁이건 기찻길 옆이건 만나는 사람마다 살갑지 않은 이가 없었다.

천막을 치고는 하늘을 이불 삼아 한데서 잠을 자는 생활이 이어졌다. 동네 우물물로 입을 헹구고 탁발승처럼 집집마다 밥을 얻어먹다 보니 저절로 깨우침이 생겼다. 이 세상은 숲속의 나무들처럼 서로 기대며 함께 어우러져 있었다. 자기 자신을 단단히 에워싸고 있는 껍질을 과감히 벗어던져야 더 넓은 세계와 만날 수 있었다. 익히 알고 있는 사실도 깨우치고 보면 막상 새로운 것이다. 그 깨우침을 통해 새로운 용기를 얻었다.

윤이상은 지금까지 전국을 다니면서 보고 느낀 그 모든 것을 잘 빚어 음악으로 만들고 싶었다. 한번 그런 마음이 들자, 더 이상 느긋하게 산천을 구경만 하고 있을 수는 없었다. 곡을 쓰고 싶은 마음이 굴뚝같아진 윤이상은 오랜 무전여행을 마치고 고향을 향해 발걸음을 재촉했다.

산양읍에 돌아온 뒤에는 좀 더 본격적인 음악 공부를 향한 갈증으로 목이 말라 있었다. 윤이상은 화양학원 뒤의 언덕을 따라 바다가 바라보이는 곳까지 자주 산책했다. 탁 트인 바다에서는 언제나 그렇듯이 미지의 세계에 대한 동경이 무럭무럭 피어오르곤 했다. 오래오래 망망한 바다를 바라보노라면 저절로 악상이 떠오르고 흩어진 음표들이 가지런해졌다. 그런 순간들이 말할 수 없이 좋았다.

언덕 아래로 움푹 파인 분지에 아담한 농가가 있었다. 그 농가를 바라보면서 평화로움을 느끼곤 했다. 이때 바라본 전원 풍경은 가슴속에 깊이 남았다. 먼 훗날, 어렵고 험난한 순간이 닥칠 때마다 이때의 평화로운 정경이 어머니 품속처럼 따뜻한 힘을 주었다.

어느 날 아침, 신문을 펼치던 윤이상은 얼어붙은 듯 꼼짝을 하지 않았다. '이케노우치 토모지로, 귀국 공연 대성공을 거두다!'라는 제목이 눈길을 끌어서였다. 파리 국립 고등음악원에서 공부한 일본인 작곡가의 귀국 작품 연주회에 관한 이야기였다. 윤이상은 이 기사를 읽고 커다란 자극을 받았다. 더 큰 세계로 나가서 본격적으로 음악 공부를 하리라던 원대한 꿈이 다시금 가슴속에서 꿈틀거리기 시작했다.

어서 빨리 일본으로 건너가, 뛰어난 음악가인 그에게서 더 많이 배우고 싶었다. 며칠을 두고 고민하던 끝에 또 한 번의 일본 유학을 결심하고는 아버지께 달려갔다. 아들에게서 일본 유학 얘기가 나오자, 늙은 아버지는 더 이상 아들을 가로막지 않았다.

"아비는 이젠 말릴 기운도 없다. 부디, 네가 선택한 그 길이 너에게 짐이 되지 않길 바랄 뿐이다."

일본을 향해 떠나는 날, 아버지는 감정을 최대한 자제하고 아들에게 마지막 당부를 했다. 윤이상은 아버지께 큰절을 하고 집을 나온 뒤 산양면으로 발길을 재촉했다. 화양학원 선생님들과 일일이 작별 인사를 나눌 때 한 아이와 눈이 마주쳤다. 아이는 다른 사람들이 안 보는 사이에 얼른 핫바지 속에서 피문어를 꺼냈다.

"선생님, 어머니가 갖다 드리라고 해서 가져왔습니다."

말린 문어를 받아 들자 훈훈한 감동이 밀려왔다. 아이들과 작별한 윤이상은 일본으로 가는 배에 올랐다. 멀어져 가는 통영을 바라보는 윤이상의 마음에는 커다란 돛하나가 펼쳐지고 있었다.

'그래. 이제 정말 다시 해보는 거야. 반드시 음악을 내인생의 중심에 세워놓고 말겠다.'

배는 별 탈 없이 일본 항구에 닿았다. 숙소에 여장을 풀고는 곧장 쓰러져 잤다. 다음 날, 말끔히 세수한 뒤 토모지로를 찾아가 제자가 되고 싶다고 말했다.

토모지로는 윤이상이 그동안 썼던 악보를 보고는 기쁜 얼굴로 말했다.

"좋은 작품입니다. 내일 등록하세요."

토모지로는 신문에 소개된 대로 굉장한 작곡가였다. 서양 현대음악의 흐름을 잘 알고 있었고, 신진 작곡가가 앞으로 어떤 길을 걸어야 할지에 대해 명쾌하게 조언해 주었다. 스물두 살의 윤이상은 그저 좋아하는 음악 공부를하는 것만으로도 행복했다. 하지만 집에서는 최소한의돈만 부쳐주었기에 늘 궁핍하게 지냈다. 학비와 생활비를 벌기 위해서는 닥치는 대로 일을 해야만 했다.

그 무렵, 만주를 점령한 일본은 기어이 중국과의 전쟁을 벌이고 말았다. 미국과 영국이 즉각 일본을 제재하고 나섰다. 전쟁이 유럽 전역으로 확대되는 바람에 물자가 귀해졌다. 먹을 것도 턱없이 부족해졌다. 가난한 유학생인 윤이상의 삶은 더욱 쪼들렸다. 고향을 떠나올 때 그저 옷 몇 벌과 악보만 달랑 가방 속에 넣어 왔던 터였다. 학비를 내고 나면 빈털터리가 되곤 했다. 윤이상은 음대생들을 상대로 악보를 베껴주는 아르바이트를 하며 근근이 생활했다.

비밀결사

    일본에 있던 조선인 유학생들의 대부분은 전쟁을 두려워했다. 그러나 한편으론 일본이 전쟁에서 진다면 조선이 해방될 것이라는 기대를 하고 있었다. 뒤숭숭한 소문이 무성하던 바로 그 무렵, 윤이상은 조선인 유학생들과 더불어 비밀결사를 조직했다. 도쿄에서 조금 떨어진 무사시노숲이 아지트였다. 그들은 유럽의 전쟁 상황을 분석하고, 일본이 미국에 언제 도발하게 될지 예측했다.

    "일본이 미국과 싸우면 당연히 지게 되어 있소. 문제는 우리의 행동이오. 우리도 나름대로 무장 투쟁을 준비해야만 하오. 우리가 독립투쟁을 벌이면서 연합군에 가담해야만, 일본이 패전국이 될 때 전승국의 입장에서 당당하게 광복을 맞이할 수 있을 것이오."

비밀결사의 지도자는 단호한 어조로 독립투쟁에 대해 역설했다.

그 무렵 윤이상은 첼로 협주곡의 완성을 앞두고 있었다. 머지않아 있을 콩쿠르에 응모할 작품이었다. 하지만 태평양전쟁이 시작될 긴박한 조짐이 보이자 서둘러 귀국해야 했다. 토모지로에게 배운 지 2년 만이었다. 전쟁을 앞두고 예비 검속이 강화되었다. 일경과 조선인 밀정들이 감시의 눈을 번득였다. 비밀결사에 가입한 친구들이 한두 사람씩 체포되었다. 무서운 고문 끝에 목숨마저 잃는 사람도 있었다.

통영에서는 일본 유학생 출신들이 지하조직을 결성하였다. 스물네 살의 피 끓는 청년 윤이상도 조직의 중요한 멤버였다. 유학생 가운데 통영 부근의 섬을 소유한 사람이 그곳을 아지트로 내놓았다. 조직원들은 섬에서 일제와 싸우기 위해 폭탄 만드는 방법을 연구했고 엽총을 개조한 사제 총도 만들었다.

비밀회의 때 나이 지긋한 지도자가 향후 전개될 전쟁의

양상에 대해 전망을 제시했다.

"일본과 싸울 장소는 바다가 될 게 틀림없소. 일본이 무모하게 진주만을 기습했으니, 미국이 일본을 밀어붙일 것이오. 그렇게 되면 일본 함대는 반드시 한반도의 해안으로 몰릴 것이니, 우리는 그때를 놓치지 말고 일본군을 공격해야 하오."

섬에는 더 많은 사람이 찾아와 독립투쟁에 가담하겠다고 맹세했다. 일정한 규모를 갖춘 지하조직원들은 깊은 산속에서 사격 연습을 했고 폭파 실험도 했다. 인원이 점점 많아지자 더 많은 무기가 필요했고, 조그마한 군수 공장을 만들 계획이 세워졌다.

지하조직원 중의 한 사람은 전쟁 상황을 알아내기 위해 매일 단파방송을 들었다. 일본이 미국에 연일 밀리고 있다는 소식을 듣고 몹시 기뻤던 그는 다른 곳에도 알리기 위해 편지를 썼다. 이 편지는 곧 들통나고 말았다. 그러나 일본 수사 당국은 윤이상을 비롯한 동료들의 가담에 대해서는 알아채지 못했다.

윤이상은 이 무렵 쌀을 가득 쌓아놓은 군 창고의 공출

담당으로 배치됐다. 일제가 조선 농부들에게서 쌀을 강제로 뺏는 강도질이 곧 공출이었다. 징집이나 징용을 당하는 것에 비해 조금 나을 뿐 일본인의 지시를 받는 공출 담당은 노예나 다를 바 없었다.

"제발 애들 먹을 양식만은 가져가지 마세요, 예?"

농부들은 두 손을 싹싹 비비면서 애원했다. 그러면 허리에 기다란 칼을 찬 일본 순사가 잔뜩 거들먹거리면서 호통을 쳤다.

"지금 대일본 제국은 신성한 전쟁에 참여하고 있다. 그런데 협조를 거부해? 이 발칙한 조센징 놈!"

공출을 거부하면 일본 순사는 거친 욕설과 함께 대뜸 곤봉으로 내려치곤 했다. 조금이라도 저항하면 감옥에 가두고 고문을 했다. 이 때문에 공출 담당이 오면 조선인들은 쌀을 주는 시늉이라도 해야 했다.

1944년 7월의 어느 날, 윤이상은 헌병의 명령으로 공출을 위해 한 농가에 갔다. 쌀을 공출하러 왔다고 말하자 농부는 없다며 통사정을 했다. 자식만큼이나 귀한 쌀을 일제에 내줄 수 없다며 농부가 울먹였다. 윤이상이 더는 말을 붙이지 못하고 서 있는데 뒤에서 누가 다가와 팔을 억세게 붙들었다. 돌아보니, 낯선 일본인 경관 두 명이 갑자기 윤이상의 손목에 수갑을 채웠다.

"왜 그러십니까?"

"여기 체포 영장이 있다. 따라와."

경관들은 윤이상을 양옆에서 붙잡아 거제도의 장승포 경찰서로 데리고 갔다. 느닷없이 잡혀 왔기에 온갖 불길한 생각이 떠올랐다. 몹시 지저분한 유치장 바닥에 뭔가 하얀 게 꼬물꼬물 기어다니는 것이 보였다. 처음엔 쌀인 줄 알았다. 무심코 밟으니 툭 터졌다. 구더기였다. 구역질이 났다. 유치장에 갇혀 지내는 동안 잠도 오지 않았다. 이틀 밤을 지낸 뒤, 경관은 윤이상의 손목에 수갑을 채운 상태로 통영의 경찰본부까지 끌고 갔다.

경찰본부의 감옥에는 조선인 젊은이들로 넘쳐났다. 모두가 일제에 대항한 독립투사들이었다.

'혹시 우리 지하조직의 정보가 새 나갔을까?'

취조하는 경관 앞에서 조마조마한 마음이 들었다. 만약 섬에서 무기를 만들었다는 사실이 드러나면 큰일이 아닐 수 없었다. 심장이 쿵쿵 울렸다. 간이 졸아들 만큼 두려운 생각이 온몸을 휘감았다. 그때 경관이 서랍 속에서 뭔가를 꺼내어 윤이상의 눈앞에 바짝 들이밀며 호통을 쳤다.

"이게 보이나? 너의 집을 수색해서 압수한 것이다. 조선말로 가곡을 쓰는 건 불온한 사상을 퍼뜨리는 짓이다. 조선말로 무엇이든 쓰면 죄가 된다는 걸 몰라?"

경관이 손아귀에 쥐고 있는 것은 윤이상의 악보였다. 민족 말살 정책을 펼치던 조선총독부는 조선어 금지령을 내렸다. 조선말과 글로 된 책이나 노트를 발견하기만 하면 눈에 쌍심지를 켜며 잡아갔다. 우리말로 노래 부르는 것도 반일(反日)이라 해서 금했다.

윤이상은 속으로 가슴을 쓸어내렸다. 경관은 무슨 낌새를 알아차렸는지 고개를 갸우뚱하더니, 윤이상을 감방 안으로 거칠게 밀어 넣었다.

"빨리 들어가!"

밤이 되자, 경관은 윤이상을 불러서 심문하기 시작했다.

"바른대로 말해! 너는 지하조직원이지?"

"아니오."

　"뭐라고? 네 조직원들이 다 불었는데도 오리발을 내밀어? 에잇!"

　눈이 세모꼴인 경관이 윤이상을 발로 차서 바닥에 넘어뜨렸다. 그러더니 몽둥이로 마구 때리기 시작했다.

　윤이상의 장딴지와 정강이가 찢어져 금세 핏물이 흘러내렸다. 바지에 피가 흥건하게 고였다. 찢긴 옷감 사이로 부어터지고 퍼렇게 멍든 살가죽이 보였다.

　"이 정도론 안 되겠어. 네가 오늘 임자 만난 거야. 흐흐흐."

　눈이 세모꼴인 경관이 입가에 묘한 웃음을 흘리면서 통나무 고문을 시작했다. 경관은 바닥에서 겨우 상반신을 일으킨 윤이상의 정강이 위로 통나무를 올려놓은 뒤 사정없이 짓이겼다.

　"나는 모릅니다."

　"이 악질 같으니!"

　경관의 세모꼴 눈에 핏발이 섰다. 그는 엿장수가 엿가락 돌리듯 이런 일을 아무렇지도 않게 해치웠다. 고문이 계속되자 윤이상은 고통에 겨워 바닥에 쓰러지고 말았다. 물고문을 당한 윤이상의 친구들은 기절해서 축 늘어지고 말았다.

밤새 어디선가 폭격기 날아가는 소리가 들렸다. 미 공군기가 출격한 것이다.

'우우우우웅.'

멀리서, 또는 가까이서 사이렌 소리가 요란하게 울려 퍼졌다. 폭격을 당하면 속절없이 죽을 판이었다. 고문과 자백 강요와 잠 안 재우기 고문, 폭격기와 사이렌 소리가 톱니바퀴처럼 물고 물리는 날들이 흘러갔다. 그렇게 두 달이 지난 9월 17일, 윤이상의 스물일곱 번째 생일이 되었다. 그때, 영원히 닫혀 있을 것만 같던 감방문이 열렸다.

"석방한다. 나와라."

윤이상의 포승줄을 풀어주는 경관 옆에 낯익은 일본인이 앉아 있었다. 두 달 전에 일했던 쌀 창고의 관리인이었다. 자신에게 유독 인정으로 대해 주던 사람이었다.

"이분이 네 신분을 보장하는 각서에 도장을 찍으며 널 풀어달라고 부탁했다."

경관이 유들유들한 웃음을 날리며 한마디 했다. 윤이상은 관리인의 부축을 받으며 햇빛 속으로 걸어갔다.

감옥에서 나온 윤이상은 집안 식솔들을 이끄는 가장 노릇을 해야 했다. 윤이상이 귀국한 이듬해에 아버지는 빚만 잔뜩 물려준 채 세상을 뜨고 말았다. 큰어머니는 윤이상의 몸을 회복시키기 위해 정성을 쏟았다. 죽을 쑤어서 먹이기도 했고, 어디서 고깃국물을 구해다가 갓 담은 김치와 함께 상을 차려 주기도 했다.

몸이 간신히 회복되려 할 즈음, 낯선 경관 둘이 또다시 들이닥쳤다.

"당신은 다시 징용 대상자가 됐으니 우리와 같이 가야겠소."

그들은 윤이상이 감옥에 가기 전에 끌려갔던 기관으로 데리고 갔다. 윤이상은 기관원의 명령을 받아, 다른 마을의 쌀창고로 배속됐다. 잠자리는 그 기관의 건물 3층에 마련됐다. 새로 만난 쌀창고의 일본인 관리자는 윤이상을 흘끔거리며 유난스레 감시하는 눈치였다. 잠자리든 일터든 모두 감옥이나 마찬가지였다.

윤이상은 삼엄한 감시하에서도 지하조직을 새로 만들었다. 일제는 태평양전쟁이 말기에 접어들자 아시아·태평양의 곳곳에서 처참하게 패하고 있었기에 신경이 곤두서 있었다. 그럴 때일수록 독립운동을 멈춰서는 안 된다고 생각했다. 음악도 중요했고 목숨이 아까운 줄도 알고 있었다. 하지만 식민지의 지긋지긋한 사슬에서 해방되지 않고서는 그 어느 것도 자유롭지 않았다. 3층 숙소에는 윤이상과 뜻을 같이하는 젊은이들이 남몰래 드나들었다. 위험한 순간은 그해 연말까지 이어졌다.

잠행

1945년 초가 되었다. 한밤중에 누가 윤이상의 숙소를 두드렸다. 잠자리에 들지 않고 늦게까지 책을 보던 윤이상이 긴장한 가운데 문고리를 잡고 섰다. 문을 열자, 헌병보 복장을 한 조선인 젊은이가 꾸벅 절을 했다. 낯이 익었다. 그가 좌우를 살피더니 빠르게 속삭였다.

"선생님, 저는 선생님의 제자입니다. 내일 헌병이 선생님을 잡으러 온다고 합니다. 오늘 밤 안으로 도망가십시오."

"정말인가? 알려줘서 고맙네."

말을 마친 젊은이는 계단 아래로 미끄러지듯 내려가 어둠 속으로 사라졌다. 문밖에는 감시하는 사람이 지키고 있었다. 창문 밖으로 내다보니 입구에는 조선인 한 명이 서 있는 게 보였다. 윤이상은 망설이다가 보초를 서고 있던 조선인 현장감독에게 은밀히 다가가 도움을 요청했다.

"감독님, 저 좀 도와주십시오. 내일 헌병이 절 잡으러 온답니다. 옥살이한 지 얼마 안 돼서 또 잡혀가면 저는 죽을지도 모릅니다."

윤이상이 다급하게 말하자 현장감독은 잠시 고민하는 듯하더니 곧 협조하겠다고 나직하게 말했다.

"알겠소. 같은 동포이니 힘이 되어 드리리다. 가만, 이 밧줄을 타고 창문으로 내려오시오. 내가 밑에서 망을 보겠소."

"감사합니다. 그런데, 첼로를 먼저 내려보낼 테니 받아주시겠습니까?"

"첼로라니요? 그냥 사람만 빠져나가기도 아슬아슬한 지경인데."

현장감독이 눈을 둥그렇게 뜨면서 말했다.

"감독님, 저는 음악가입니다. 제 몸과도 같은 첼로를 두고 갈 수는 없습니다."

현장감독은 난처한 표정을 지었지만, 윤이상의 눈빛에서 단호한 결의를 느끼고는 하는 수 없이 부탁을 들어주었다.

"정 그렇다면 할 수 없군요. 그 대신 재빨리 행동해야 합니다."

현장감독이 밧줄을 건네주었다. 윤이상은 숙소로 올라간 다음 첼로를 단단히 묶어서 창문으로 내려보냈다. 현장감독은 1층 창문 밑에서 조심스럽게 첼로를 받아 한쪽 벽에 세운 뒤, 내려오라고 손짓을 했다. 밧줄을 잡고 내려오던 윤이상은 머리털이 쭈뼛쭈뼛 서는 기분이 들었다. 휘영청 밝은 달빛이 구름 속으로 들어가면 거미 인간처럼 날쌔게 내려오다가, 구름 밖으로 나오면 벽에 바짝 달라붙어야 했다. 밧줄을 잡고 있는 손목이 시큰거렸고, 손바닥이 얼얼했다. 환한 달빛이 그날따라 무정하기만 했다. 바닥에 발이 닿자, 비로소 가느다란 한숨이 새어나왔다.

"휴."

"이왕 이렇게 됐으니, 우선 우리 집으로 갑시다."

현장감독은 윤이상을 이끌고 밤길을 빠르게 걷기 시작

했다. 윤이상도 뒤따라 발길을 재촉했다. 현장감독의 집은 마을에서 꽤나 떨어진 곳에 있었다.

"이젠 어쩔 셈이오?"

"날이 밝는 대로 첫차를 타고 진주로 갈 생각입니다."

윤이상은 현장감독에게 자신의 평소 생각을 솔직히 털어놨다.

"일본은 지금 무리하게 일으킨 전쟁에서 크게 패하고 있습니다. 일본이 망하기 전에 우리도 힘을 기른 다음, 우리의 손으로 꼭 독립을 쟁취해야 합니다. 그렇게 하지 않으면 우리는 또 다시 강한 자의 먹이가 될지도 모릅니다."

"윤 선생, 나도 앞으로는 부끄럽지 않은 삶을 살겠소. 조국의 현실을 새삼 깨닫게 해주어서 고맙구려."

두 사람이 이야기를 나누는 동안 창밖에는 새벽하늘이 희부옇게 밝아왔다. 이제 가야 할 시간이었다. 현장감독에게 거듭 고맙다는 말을 한 윤이상은 어둑어둑한 신작로 길을 잰걸음으로 걷기 시작했다. 60리 길을 걸어가다 보니, 멀리 산모퉁이에서 진주행 버스가 불을 켜고 달려왔다. 손님도 별반 없는 첫차에 몸을 실은 윤이상은 버스

가 진주에 도착하자 곧장 진주역으로 갔다. 역 앞에는 검
문소가 있어서 헌병들이 오가는 행인들을 감시하고 있었
다. 조금이라도 거동이 이상한 사람이 눈에 띄면 도끼눈
을 뜨고 검문하였기에 바람 한 점 빠져나가기 힘들었다.
하지만 검문소를 통과해야만 역 안으로 들어갈 수가 있
었다.

일제는 당시 내선일체(內鮮一體)를 주장하면서 이른바
황국신민화의 채찍을 휘둘렀다. 조선인들은 창씨개명을
강요당했고 옷 위에 이름표를 달고 다녀야 했다. 윤이상
의 일본식 이름은 이하라였지만 쫓기는 몸이므로 가네모
토(金本)라는 흔한 이름을 사용했다.

윤이상은 인파를 헤치고 역 안으로 들어갔다. 조마조
마한 마음으로 서울행 기차를 탄 뒤에도 안심할 수 없었
다. 차장이 차표를 검사하기 위해 기차 안을 돌아다닐 때
마다 화장실에 숨어 있곤 했다. 이대로 계속 서울까지 가
는 것은 무리였다. 윤이상은 중간에 기차에서 내린 뒤 대
구로 갔다. 대구에는 윤이상과 함께 지하조직에 몸담은
적이 있던 친구가 살았다. 석탄광을 운영하던 친구는 그

곳에서 새로운 지하조직을 만들어 항일운동에 가담하고
있었다.

"여보게, 나는 지금 쫓기는 몸일세. 날 좀 숨겨 주게."

"알겠네. 날 따라오게."

친구는 윤이상을 집 뒤꼍의 커다란 석탄 야적장으로 데
리고 가더니 거적때기로 대충 둘러쳐놓은 석탄 더미 뒤로
숨으라고 했다.

"고마우이."

"고맙긴. 헌병이나 경찰들이 요새 불온분자들을 색출
한다고 하도 설쳐대니, 답답해도 좀 참아야 하네."

친구가 준 가마니와 볏짚을 바닥에 깐 뒤 홑이불을 덮
자, 그런대로 아늑한 자리가 마련되었다. 은신처로는 쓸
만한데, 석탄 가루가 시도 때도 없이 날아오는 바람에 숨
을 쉬기가 곤란했다. 폐와 심장이 좋지 않은 윤이상에게
는 견디기 힘든 고역이었다.

다음 날, 윤이상은 친구에게 고마움을 표한 뒤 서울행
기차에 몸을 실었다. 잡힌다 해도 석탄 가루보다는 나을
것 같았다. 서울역에 도착하자마자 싸구려 여인숙을 얻

었다. 문제는 끼니를 해결하는 것이었다. 조선총독부는 신분증을 지참한 조선인에게만 식량 배급표를 나눠 주었다. 일경에 쫓겨 도망쳐 온 윤이상은 신분증도, 배급표도 없었다.

이리저리 헤매다가 허름한 식당 문 앞으로 이어진 긴 줄이 보였다. 윤이상은 줄 끝에 서서 한참을 기다렸다가 겨우 음식을 타 먹었다. 땅바닥에 기둥을 박아 천막으로 덮어놓은, 시늉뿐인 식당인 셈이었다. 그곳에서 주는 건 돼지 여물로나 쓰일 콩깻묵이었다. 그나마 국자로 조금 퍼주는 것이어서 몇 숟갈 뜨고 나면 금세 바닥이 보였다.

그릇에 남아 있는 멀건 국물까지 긁어먹고 돌아서면 몇 걸음 걷지 않아서 다시 허기가 졌다. 그러면 다른 임시 식당으로 부리나케 뛰어가 줄을 섰다. 콩깻묵이라도 먹는 날은 다행이었다. 그것마저 얻어먹지 못한 날은 아예 쫄쫄 굶어야 했다. 끼니를 거르는 날이 많았던 윤이상은 몸이 점점 쇠약해져 갔다.

무엇보다도 신분증명서를 빨리 만들어야 했다. 신분증이 없으면 유령 인물이나 마찬가지였다. 불심검문에 걸리면 곧바로 감옥행이었다. 밤이면 일본 순사가 여인숙을 돌며 검문했다. 일본도가 절그렁거리는 소리만 들리면 재빨리 몸을 숨겼다가 한참만에야 여인숙으로 돌아왔다. 밤에는 유난히 허기가 심해 물로 헛배를 채우는 때가 많았다. 날이 새면 어김없이 찾아오는 배고픔에 더하여 일경에 쫓기는 긴장과 공포가 심장과 폐를 자꾸만 갉아먹고 있었다. 윤이상은 통영의 면사무소에서 일하던 친구 이상용에게 도움을 요청하는 편지를 보냈다. 불안과 배고픔 사이에서 기진맥진하던 며칠 후, 이상용에게서 편지가 왔다.

"친구! 일본에서 죽었지만 사망 신고가 안 된 사람이 있더군. 당분간 그 사람 행세를 하게. 이름은 가네모토인데, 신분증명서를 동봉하네."

지푸라기라도 잡고 싶은 심정이었는데 튼튼한 동앗줄을 잡은 듯한 느낌이 들었다. 힘이 불끈 솟았다. 그날로부터 가네모토 이름표를 가슴에 붙이고 다니면서 식당 앞에 줄을 설 수 있었다.

윤이상은 극심한 배고픔 속에서도 음악에 대한 생각만

큼은 줄기차게 떠올랐다. 음악책을 보고 싶어서, 아니 사고 싶어서 미칠 지경이었다. 하지만 수중엔 한 푼도 없었다. 참으로 답답한 시절이었다. 새벽 기차를 타고 올 때 첼로만 가지고 온 까닭에 빈털터리였던 윤이상은 돈을 벌어야 했다.

'함께 일할 사람을 찾습니다.'

신문을 샅샅이 뒤진 그의 눈에 출판사의 구인 광고가 눈에 띄었다. 눈물이 나올 만큼 기뻤다. 물어물어 찾아간 출판사 사장은 눈매가 서글서글한 조선인이었다. 그는 윤이상에게 일을 맡기겠다고 약속했다. 다행스럽게도 사무실에서 먹고 잘 수 있도록 배려해 주었다. 말만 그럴싸한 출판사였지, 실제로는 인쇄소를 겸하고 있는 곳이었다.

푹푹 찌던 여름날이었다. 윤이상이 일을 하던 곳에는 밖에서 안이 들여다보이는 창문이 하나 있었다. 그날도 창문을 열어놓고 일을 하고 있었는데, 인기척을 느끼고는 창문 밖을 내다보았다. 낯익은 사람 하나가 윤이상을 유심히 보면서 웃고 있었다. 그가 사무실의 창문 너머로 고개를 내밀며 소리쳤다.

"반갑다, 이상아."

뜻밖에도 어릴 적 친구가 손을 흔들고 있었다.

"그래, 반갑다."

윤이상도 활짝 웃으며 손을 흔들었다. 친구는 윤이상의 가슴에 붙여진 가네모토라는 이름표를 보더니 조금 의아한 표정을 지었다.

"웬 가네모토야?"

"그건, 저⋯⋯."

윤이상은 당황스러운 표정으로 바로 옆에서 일하고 있던 사장을 쳐다보았다. 친구도 아차 싶었던지 얼른 입을 다물었다. 하지만 이미 뱉은 말이었다. 윤이상은 하는 수 없이 사장에게 자신이 겪은 모든 일을 고백했다. 주의 깊게 듣던 사장은 얼굴 가득 미소를 지으며 말했다.

"괜찮소. 여기서는 안심해도 좋소. 나 역시 투옥된 적이 있소."

사장은 통영 근처의 소학교 교사로 근무하다가 독립운동에 가담한 경력이 있는 사람이었다. 그는 일경에 붙잡혀 심한 고문을 당한 뒤 감옥에서 3년간 고생하다 풀려나 요주의 인물이 되었다고 털어놓았다.

사장은 평소 입이 무거운 편이었다. 자신의 전력을 자랑스레 떠벌린 적이 없는 그가 뜻밖의 사실을 말하자 몹시 놀라웠다. 서울의 하늘 밑에서 자신과 같은 뜻을 품은 사람을 만나는 건 반가웠지만 또 다른 위험지대에 들어선 느낌도 들었다.

태평양전쟁도 거의 끝나 가고 있었다. 윤이상은 점점 더 야위어 갔다. 날이 갈수록 기운마저 떨어지고 얼굴 또한 창백해졌다. 오후만 되면 온몸이 불덩이가 되었다. 도저히 견디기 힘들 만큼 고통이 심해졌다. 하는 수 없이 경성제국대학병원에 가서 진찰을 받았다.

"결핵입니다. 당장 입원하도록 하시오."

"저는 지금 돈이 한 푼도 없습니다."

의사의 말에 윤이상이 대답하자, 잠시 침묵하던 의사는 간호사에게 뭔가를 지시했다.

"가네모토 씨, 당분간 이 침대를 사용하세요."

간호사는 윤이상을 어떤 병실 문의 앞까지 안내한 다음

빈 침대를 가리키며 말했다. 윤이상은 그날부터 병원 침대에서 누워 지냈다. 처음 며칠은 여전히 온몸에 기운이 없었다. 오후가 되어 온몸에 열이 오르는 것은 마찬가지였다. 간호사가 와서 이마에 찬 물수건을 얹어주었다. 물수건은 금세 바짝 말라 버렸다. 며칠 동안 꿈도 없는 혼곤한 잠 속에서 뒤채었다. 1주일가량이 금세 흘러갔다. 이제는 오후가 되어도 열이 그다지 높게 오르지는 않았다. 3주 정도가 지나자 몸이 조금씩 회복되는 느낌이 들었다.

낮 12시 무렵이었다. 병원 복도에 설치된 스피커에서 '지직' 하는 잡음과 함께 일본 왕의 목소리가 들렸다. 연합국에 무조건 항복한다는 내용이었다. 일왕 히로히토의 음울한 목소리가 라디오에서 울려 퍼지는 동안 복도 여기저기에서 일본인 의사들과 간호사들이 흐느끼고 있었다.

윤이상은 방송을 듣자마자 침대를 박차고 밖으로 뛰어나갔다. 심장이 두방망이질을 해댔다. 그는 두 손을 하늘 높이 치켜들고 만세를 불렀다.

"만세! 일본이 항복을 했다, 항복을 했어. 하하하. 만세, 만만세!"

1945년 8월 15일. 이날은 마침내 조국 강산이 35년 만에 해방된 날이었다. 더 정확히 말하면, 일제강점기가 시작된 1910년 8월 29일부터 1945년 8월 15일까지 34년 11개월 17일 만에 지긋지긋한 일제의 사슬에서 풀려난 감격적인 날이었다. 윤이상은 길거리를 마구 뛰어다니면서 목청껏 만세를 불렀다. 얼마나 불러보고 싶었던 만세였던가!

"호외요, 호외! 일본이 망하고 우리나라가 해방됐어요!"

신문팔이 소년이 호외를 던지며 재빨리 뛰어갔다. 흰 종이가 공중으로 솟구쳐 길거리에 떨어졌다. 행인들은 허리를 굽혀 호외를 집어 들었다. 호외를 읽은 사람들은 마치 약속이라도 한 것처럼 일제히 만세를 외쳤다.

"만세! 대한독립 만세! 해방 만세!"

윤이상은 가슴에 붙은 이름표를 잡아 뜯어 버렸다. 길거리를 쉼 없이 달렸다. 달리면서 목이 터져라고 만세를 불렀다. 윤이상은 사흘 만에야 수척해진 모습으로 병원으로 돌아왔다. 그런 모습을 본 의사가 호되게 나무랐다.

"당신은 위중한 환자란 걸 잊었소? 까딱 잘못하면 죽어

요. 지금 병을 치료하지 않으면 평생 폐 때문에 고생할 거
요."

　자신을 염려해주는 의사의 말이 고맙기는 했지만, 그
냥 귓등으로 흘려들었다. 지금 이 순간은 조국이 해방되
었다는 감격에 푹 젖고 싶었다. 윤이상은 곧장 침대에 쓰
러져 실로 오랜만에 꿀보다도 다디단 잠을 실컷 잤다. 병
세가 어느 정도 호전되자 병원 침상을 박차고 나와 버렸
다. 해방된 조국의 하늘 아래서 이 나라를 위해 해야 할 일
이 너무나 많았다.

3장

해방

　미군정은 총독부를 접수한 뒤 남한에서의 유일한 합법 정부임을 선포했다. 해방이 되었지만 국권을 틀어쥔 주체는 일본에서 미국으로 바뀌었을 뿐이었다. 그 사실이 비감스러웠다. 그렇다고 손을 놓고 있을 수는 없었다. 윤이상은 새로운 할 일을 찾아 고향으로 내려갔다. 통영에서도 건준이 발족되었다. 치안을 담당하기 위한 보안회, 치안 유지회, 자위대 등의 단체도 생겨났다. 이 가운데서 1945년 8월 23일 발족한 보안회의 움직임이 가장 활발했다. 항일운동을 했거나 일본에 징용으로 끌려갔다가 돌아온 청년 80여 명이 주요 회원이었다.

　보안회는 경남 건준이 내걸었던 '폭행은 국민의 치욕이

다', '생명과 재산을 서로 지키자'와 같은 구호를 내걸었다. 어수선한 해방 정국의 치안을 책임지기 위해 최선을 다하는 한편, 치안 효율을 위해 보안부 밑에 향병대를 두었다.

일왕의 항복 이후 9월 8일부터 미군정이 공식적으로 시행되었다. 하지만 한반도 내의 일본인 헌병대와 경비대는 특별경찰대를 조직하여 자국민의 보호에 나섰다. 그들은 일본인들을 안전하게 본국으로 이송한다는 명분을 내걸고 폭력성을 드러냈다. 태극기를 찢거나 불태우는 등의 모욕적인 행동을 서슴지 않고 저질렀다. 중요 물자와 식량 등을 몰래 빼내 가는 파렴치한 행위 또한 빈번했다.

9월 하순의 어느 날 밤, 이 사실을 알게 된 한 청년이 통영경찰서 정문을 지키는 일인 초병에게 항의했다. 초병은 대뜸 일본도로 위협을 했다. 가까스로 도망친 청년이 통영 보안회에 보고했다. 보안회는 밤 10시경 모든 대원을 불러 모아 통영경찰서로 몰려갔다.

"폭력 경찰은 도둑질을 당장 멈춰라!"

보안회의 청년들 수십 명이 일제히 구호를 외쳤다. 두

러움에 사로잡힌 일본 경비대원들은 청년들을 향해 총을 쏘았다. 보안회의 향병대원 하나가 그 자리에서 목숨을 잃었다. 이어, 여러 명이 피를 흘리며 쓰러졌다. 분노한 보안회의 청년들은 즉각 경찰서로 쳐들어가 그곳을 무력으로 점거했다.

경찰서를 접수한 보안회원들은 무기를 갖고 있던 일본인들을 유치장에 가두었다. 그들이 소지한 무기는 모두 압수했다. 압수한 무기는 모두 5백여 점이나 되었다. 다음 날부터 보안회가 통영의 치안을 담당하였다.

며칠 후 새벽, 어두컴컴한 산모퉁이에서 총성이 울려 퍼졌다. 일본군 잔당들이 소총을 마구 쏘아대며 진격하기 시작했다. 보안회 회원들은 치안대원들과 미리 치밀하게 짜놓은 작전대로 움직여 일본군을 향해 사격을 하기 시작했다.

'타타타타타.'

어둠 속에서 치열한 전투가 이어졌다. 보안회 회원들은 엄폐물 속에 몸을 숨기고 있었다. 그러다가 치안대원들의 엄호를 받으며 표적지를 향해 신속하게 움직였다.

일본군들은 우왕좌왕하며 어쩔 줄을 몰랐다. 돌격대원들은 그 틈을 타서 일본군에게 총알 세례를 퍼부었다. 일본군들은 혼비백산하여 도망가 버렸다. 짧은 전투는 보안회의 승리로 끝났다.

"만세! 우리가 일본군을 물리쳤다. 만세!"

대장을 중심으로 한 보안회 회원들과 치안대원들이 소총을 치켜들며 승리의 만세를 외쳤다. 통영에는 다시금 평온이 찾아왔다. 그러나 10월 8일 통영에 진주한 미군은 경찰서 무도관 내에 감금해 두었던 일본인들을 모두 석방해 버렸다. 풀려난 일본인들 가운데 군인은 마산의 안전한 거처로 옮겼고 민간인들은 통영에 있는 일본 절로 옮겨 보호 조치를 했다.

"일본 군인들을 풀어주고도 모자라 안전한 곳에 옮기다니, 지금 세상이 거꾸로 돌아가는 것 아니야?"

보안회 회원들에게 비상이 걸린 가운데 일본인들은 미군에게 악랄한 헛소문을 퍼뜨렸다.

"보안회의 구성원은 모두 공산주의자들이다."

미군은 이 말을 곧이듣고서 보안회 책임자를 가두고 보

안회를 해체해 버렸다. 또한 군수와 읍장, 경찰서장 등 행정 및 치안의 책임자를 식민지 시절의 인물들로 다시 내세웠다.

"이럴 수가 있나? 친일 관리를 다시 등장시키다니! 지금 돌아가는 나라꼴을 보면 진정한 해방이 됐다고 볼 수 없어."

윤이상이 허공을 노려보며 한마디 툭 던졌다.

"이제 미국 놈이 일본 놈 노릇을 하고 있는 세상이야."

단짝 친구 최상한이 맞장구를 쳤다. 두 사람은 서로를 마주 보며 씁쓸하게 웃었다. 일본인이 차지했던 조선을 이제 미국인들이 무력으로 다스리는 세상이 되었다. 이 와중에 민족주의 진영과 공산주의 진영 사이에는 이념 갈등이 가파르게 진행되고 있었다.

윤이상은 이 무렵 문학가와 음악가를 비롯한 지식인들과 더불어 통영문화협회의 설립에 적극적으로 동참했다. 시인 유치환이 회장에 선출됐다. 소설가 김용익, 시조시인 김상옥, 시인 김춘수, 극작가 김용기와 박재성, 작곡가 윤이상과 정윤주, 배우 서성탄, 서양화가 전혁림, 연출가 허창언, 한글학자 옥치정 등이 주요 멤버로 참여했다.

통영문화협회는 교도부, 문예부, 연극부, 음악부, 미술부 등을 두어 문화 활동 및 계몽운동을 펼쳐 나갔다. 그러나 처음 뜻과는 다르게 통영문화협회는 여러 사정으로 제 기능을 원활하게 수행하지 못했다. 윤이상은 다른 일을 모색해 보았다.

해방 직후, 일본에 끌려간 사람들이 배를 타고 속속 통영에 도착했다. 이들을 귀환자 또는 귀환 동포라 불렀다. 귀환자들은 처음엔 적산가옥에 잠시 거주하도록 조치가 내려졌다. 그러나 미군정은 적산가옥을 군정 재산으로 귀속시킨 뒤 귀환자들을 쫓아냈다. 귀환 동포들은 졸지에 차가운 길거리에서 노숙자가 되어야 했다.

고아들을 돌보다

해외에서 들어온 고아들의 문제는 매우 심각했다. 태평양전쟁으로 갑자기 부모를 잃은 고아와 청년들이 매일 관부 연락선을 타고 부산항에 입항하기 시작했다. 대부분은 일본에서 온 아이들이었다. 일제가 전쟁에 쓴다고 숟가락 하나까지 몽땅 가져간 마당에 고아들을 돌볼 만한 시설이나 자금이 있을 턱이 없었다. 거리마다 누더기를 걸친 고아들로 넘쳐났지만 그저 방치될 뿐이었다. 전쟁고아들은 오갈 데도 없었다. 끼니를 해결하기 어려워 길거리에서 동냥질을 하거나 물건을 훔치는 좀도둑으로 전락하고 있었다.

윤이상은 마음속에 품고 있던 생각을 친구에게 털어놓

왔다.

"우리가 저 아이들의 부모 노릇을 하는 건 어떨까?"

친구는 순순히 동의했다. 함께 할 동지가 있다고 생각하니 용기가 생겼다. 윤이상은 곧바로 부산시에 도움을 요청했다. 시의 직원 한 사람이 부산 근교의 작은 고아원 하나를 쓰도록 도와주었다. 윤이상은 평소 친하게 지내던 미국인에게서 트럭을 한 대 빌린 뒤 고아들을 한 명, 두 명 태우기 시작했다. 길거리를 헤매는 아이들, 골목골목에 흩어져 구걸하는 아이들에게 같이 가자고 하면 대부분 달아났다. 그러나 윤이상과 친구가 번갈아가며 알아듣게 설득하자 머뭇거리며 따라왔다. 다섯 살부터 열다섯 살까지의, 부모 없는 아이들이었다.

부산시립고아원의 원장이 된 윤이상은 아이들에게 한글 읽기와 쓰기를 가르쳤다. 부산시뿐 아니라 미군도 사탕과 분유 등의 식료품을 지원해주었다. 윤이상은 친구와 함께 미군이 준 식료품을 시장에 갖고 갔다. 거기서 쌀과 돼지고기, 고등어와 갈치 등으로 바꾸어 온 뒤 아이들의 끼니를 마련해 주었다. 일종의 물물교환인 셈이었다.

아이들은 굶주린 상태로 더러운 골목에서 살다가 병을 얻은 경우가 대부분이었다. 자연히 병원에 들락거릴 일이 많았다. 그 가운데 몇은 한센병의 증세가 있어 나환자 수용소로 보낼 수밖에 없었다.

찬 마룻바닥에서 아이들과 함께 잠을 자는 바람에 윤이상의 건강 상태는 몹시 나빠졌다. 좌골신경통의 통증은 뼈를 깎는 듯했다. 완치되지 않은 결핵의 후유증으로 밤새 기침하는 일도 잦아졌다. 하지만 내색하지 않고 묵묵히 견뎌 나갔다. 오직 아이들을 가르치고 보살피는 일에만 온 힘을 쏟았다.

부모를 잃고 길거리 생활을 한 아이들인지라 거친 데가 많았다. 평상시에 말을 할 때는 대부분 욕설이 섞여 있었다. 남의 물건도 예사롭게 훔쳤다. 윤이상은 문제를 일으킨 아이들을 만나 상담했지만 쉽지 않은 일이었다. 대화를 시도하면 외면하거나 딴짓을 하는 바람에 겉도는 일이 많았다. 하지만 실망하지 않고 한 발 한 발 아이들의 마음을 향해 다가가기 시작했다.

"꽃이 참 예쁘지?"

윤이상은 그중에서도 특히 말썽꾸러기인 아이와 함께 밭을 거닐며 동화를 들려주었다. 야생화가 알록달록하게 피어 있는 들길을 산책하는 동안 아이의 날카로운 눈빛은 둥그스름해지고 뾰족 나온 입술에서도 미소가 피어났다.

때때로 그 아이들과 더불어 노래도 불렀다. 윤이상의 맑고 힘찬 노래와 아직 변성기에 다다르기 전의 아이들이 부르는 높은 소리가 야트막한 언덕 너머로, 고구마 밭과 옥수수 밭 사이로 울려 퍼졌다. 밭에서 고추를 함께 따면서 우리 역사를 들려주기도 했다. 아이들은 눈빛을 빛내며 귀를 기울였다. 해질녘 기숙사로 돌아오는 아이들의 발걸음에 고운 노을이 부서졌다. 길가에는 붉고 하얀, 분홍색 코스모스가 흐드러지게 피어 있어 매우 정겨웠다.

얼마 후, 아이들은 윤이상에게 스스로 찾아와 자신의 고민을 이야기할 정도로 가까워졌다. 아이들의 꽉 다문 입술 사이에서 비로소 웃음이 비어져 나왔다. 티 없이 맑고 천진한 웃음이 입가에 번지자, 그 모습이 천사처럼 보였다. 채소밭을 매자고 하면 들은 척도 하지 않던 녀석들이었다. 마음의 문을 연 뒤로는 호미를 챙겨 즐거운 마음

으로 밭고랑을 헤집고 다녔다. 변화하는 아이들을 보는
일은 행복했다.

그러나 행복한 날들은 오래 가지 않았다. 일손이 모자
란 까닭에 시청 직원의 소개로 교사 한 사람을 채용한 것
이 화근이었다. 시청 직원은 고아원을 관리·감독하는 담
당자였고, 교사는 그의 조카였다. 윤이상은 그 교사에게
친절히 대하며 모든 것을 공개했다. 그러던 어느 날 시청
에서 감사관이 나왔다.

"원장님, 당신이 미군에게서 받은 설탕과 분유를 팔아
서 돈을 챙겼다는 제보를 받았소."

"무슨 말씀이오? 나는 지금껏 미군이 준 식량을 팔아 본
적이 단 한 번도 없소. 난 아이들의 고른 영양 식단을 위해
생선이나 고기반찬으로 바꾸었을 뿐이오."

윤이상은 허리를 꼿꼿이 펴고 당당히 얘기했다. 시청
직원들이 샅샅이 뒤졌지만 꼬투리 잡을 만한 것은 하나
도 발견되지 않았다. 그들은 윤이상의 당당한 기세에 눌
려 반박도 하지 못하고 되돌아갔다. 일이 틀어졌다는 것
을 눈치 챈 교사는 슬슬 피했다. 이 일로 윤이상은 몹시 우

울해졌다. 친구가 말없이 다가와 이상의 어깨에 손을 올리며 위로했다.

"시청 직원의 조카가 수작을 부린 것 같네. 그 교사가 시에 허위 공문서를 올려보낸 게 틀림없어. 자네의 결백이 드러났으니, 참아야지 어쩌겠나?"

윤이상은 친구의 만류에도 불구하고 곧 사표를 제출하고 그곳을 나와 버렸다. 뜻있는 일에 발 벗고 나섰지만 누명을 쓰면서 살 수는 없었다.

윤이상은 건강이 몹시 나빠졌으나 생활을 먼저 해결해야 했다. 서른 살이 된 1948년, 통영여자고등학교에서 교사를 채용한다는 공고를 보고 지원서를 냈다. 결과는 합격이었다. 그곳에서 음악 교사로 근무하던 윤이상은 국어를 가르치던 시인 유치환과 함께 통영 항구가 내려다보이는 남망산에 자주 올랐다. 유치환은 윤이상보다 아홉 살 위의 선배였다. 유치환은 통영보통학교 12회 졸업생이고 윤이상은 22회 졸업생이었으니, 두 사람은 보통학교 선후배 사이이기도 했다. 그렇지만 두 사람은 나이를 뛰어넘어 돈독한 우정을 다졌다.

우리말 교가

그즈음 모든 학교에서 일본식 교가를 폐지하고 새로운 교가를 만들었다. 윤이상에게 갑자기 교가를 작곡해 달라는 부탁이 줄을 이었다. 윤이상은 유치환이 지은 가사에 곡을 붙여 모교인 통영보통학교의 교가와 통영여고의 교가를 작곡했다. '우리말 교가 지어주기 운동'은 이렇게 시작되었다. 시조시인 김상옥이 쓴 가사에 곡을 붙여 욕지중학교 교가를 만들기도 했으나, 이 무렵 통영 지역에 있는 수많은 학교의 교가는 유치환의 가사와 짝을 이루어 작곡되었다.

윤이상은 연주 활동에도 적극적이었다. 정윤주, 최상우, 최갑생, 윤이상으로 구성된 '통영 현악 사중주단'은 이 같은 정열 속에서 태어났다. 이 사중주단의 구성원은 얼마 후 제1 바이올린에 탁혁수, 제2 바이올린에 최상한, 비올라에 박기영, 첼로에 윤이상의 구성으로 바뀌었다.

1949년, 부산 사범학교에서 편지가 왔다. 다시 교단에서 줄 것을 요청하는 편지였다. 부산으로 간 윤이상은 그곳 합창단과 조그만 규모의 오케스트라에 참가하여 하이든, 모차르트, 슈베르트, 베토벤의 4중주곡을 연주했고, 음악 연주회도 열었다. 다들 어려운 시절을 살아가면서도 의욕에 불타 있었다.

'그래. 다시 음악의 시대가 왔어! 이제부터 새로운 시작이야. 이제야말로 나의 음악 세계를 펼쳐 보자.'

윤이상은 이 무렵 왕성한 창작열에 휩싸였다. 낮에는 학생들을 가르치고 일과 시간 후에는 가곡과 현악 4중주를 쓰느라 여념이 없었다. 쉬지 않고 일하느라 건강을 돌볼 겨를이 없었다.

늦은 밤, 곡을 쓰던 윤이상은 심한 각혈을 했다. 채 완성되지 않은 현악 4중주 악보 위로 피가 왈칵 쏟아졌다. 윤이상은 의식을 잃은 채 쓰러지고 말았다. 몇 시간 동안 혼

수 상태에 빠져 있다가 가까스로 깨어난 뒤, 병실 침대에 누워 있는 자신을 발견했다.

"윤 선생, 이제 깨어나셨군요. 관사 앞을 지나던 수위 아저씨가 윤 선생을 업고 오지 않았다면 정말이지 큰일 날 뻔했습니다. 아무튼 이만하기 다행입니다."

침대 머리맡에서 동료 교사가 환하게 웃으며 말했다. 의식을 되찾은 윤이상은 태어나서 처음으로 신께 기도를 올렸다. 자신도 모르게 뜨거운 눈물이 솟아나왔다.

"저를 살려주십시오. 저를 살려주신다면 예술을 위해서 평생 온 힘을 기울이겠습니다."

윤이상은 2주 동안 입원했다. 다행히 동료 교사와 친구들이 결핵약인 스트렙토마이신을 구해 주었다. 그 약이 특효를 보여 심각한 각혈 현상이 많이 사라졌다. 윤이상은 퇴원하자마자 통영으로 갔다. 건강보험이나 실업보험에 가입되어 있지 않은 윤이상으로서는 생활 전선에 빨리 복귀해야 했다.

'건강한 몸을 만들어야겠어.'

속으로 굳게 다짐하면서 윤이상은 하루 세 끼 식사를

꼬박꼬박 챙겨 먹었다. 또한 날마다 바닷가를 산책하면서 걷기 운동을 했다. 3개월 동안 규칙적인 운동을 하면서 식사를 거르지 않은 까닭에 웬만큼 몸이 회복되었다. 몸이 가뿐해진 윤이상은 부산 사범학교에 다시 출근했다.

3개월 동안의 병상 생활을 끝내고 다시 출근한 첫날, 교무실에 앉아 있는 낯선 여교사가 눈에 띄었다.

"아, 두 분은 오늘 초면이지요? 여기 윤이상 선생님은 몸이 아파서 3개월간 요양하다가 복귀하셨지요. 이분은 이수자 선생님이오. 이화여대 국문과 출신으로 9월에 부임해서 국어를 가르치고 계십니다."

교무 주임 선생이 두 사람을 인사시켰다. 이수자 선생은 서글서글하게 웃으며 인사를 건넸다.

"반갑습니다."

"안녕하십니까? 처음 뵙겠습니다."

첫눈에 윤이상의 마음속으로 이수자 선생이 들어왔다. 좋은 예감이 들었다.

"이수자 선생님의 부친은 은행원으로 일하다가 해방을 앞두고 별세하셨어요. 좋은 가문에서 태어난 규수이자 재원이지요."

　점심시간에 동료 교사들이 들려준 말이었다. 윤이상은 왠지 이수자에게 끌렸다. 세상의 때가 묻지 않은 순백의 설원처럼 맑디맑은 샘물이 이수자의 내면에서 끊임없이 솟아나오는 듯했다. 윤이상은 자신의 심경을 잘 표현하는 편이 아니었다. 하지만 그녀를 좋아하는 마음이 점점 커지게 되자 더 이상 속마음을 감출 수는 없었다.

　몇 개월이 흘렀다. 그동안 윤이상은 이수자와 점심도 먹고 저녁 식사도 하면서 조심스럽게 데이트를 했다. 이수자는 윤이상의 과묵하면서도 빼어난 인품에 서서히 마음을 열게 되었다. 윤이상은 이수자의 맑고 깨끗한 마음씨에 끌렸다.

　어느 초겨울 저녁, 두 사람은 커다란 볏짚을 군데군데 쌓아놓은 논두렁을 걷고 있었다. 보폭을 맞춰 걷는 동안 음악과 시와 문학에 대해 길고 긴 얘기를 나누었다. 보름달이 온 누리를 축복의 손길처럼 비추고 있었다. 길가 풀숲에서는 풀여치와 귀뚜라미가 가을을 아프게 노래하고 있었다.

풀벌레 소리가 들리는 가운데 윤이상은 김소월의 시 〈예전엔 미처 몰랐어요〉를 맑고 감미로운 목소리로 낭송했다. 달이 세상의 모든 산과 들을 환하게 비추고 있는 가운데 소월의 시가 이수자의 마음속에 잔잔한 파문을 일으켰다.

낭송을 마친 윤이상이 이수자의 어깨를 억세게 감싸 안았다.

"수자 씨, 사랑합니다."

윤이상의 포옹에 이수자는 갑자기 어지러워졌다. 다리에 힘이 빠졌다. 윤이상은 이수자를 부축하여 길을 걸었다. 달빛이 두 사람을 포근히 감싸주었다. 이수자는 그런 윤이상에게서 깊은 신뢰감을 느꼈다. 진지하게 교제하던 두 사람은 급기야 혼인을 약속하기에 이르렀다. 이수자는 부모님께 윤이상과 혼인하겠다고 말씀드렸다. 예상했던 대로, 식구들의 극심한 반대에 부딪혔다.

"네가 지금 제정신이냐? 폐병을 앓는 노총각 음악 교사와 결혼하겠다고? 그런 말도 안 되는 소리는 하지 말거라!"

소중한 딸을 병치레나 하도록 내버려 두지 않겠다는 어머니의 뜻이었다. 하지만 이수자도 고집을 굽히지 않았다. 결국 어머니와 오빠는 두 사람의 혼인을 허락해 주었다.

1950년 1월 30일, 부산 철도호텔에서 거행된 두 사람의 결혼식은 대성황이었다. 식장은 문인, 음악인, 화가, 교사, 기자 등 4백 명이 넘는 하객으로 가득 찼다. 결혼식의 모든 순서는 신랑인 윤이상의 기획에 따라 물 흐르듯 진행됐다. 마치 작은 음악회가 열리는 듯했다.

결혼 이후 윤이상은 배도순, 김광수, 백경준과 함께 부산 현악 4중주단을 조직했다. 부산 최초의 현악 4중주단이었다. 이들은 수시로 모여 연습했고, 연주회도 활발하게 열었으나 얼마 지나지 않아 중단되고 말았다.

전쟁

꿈같은 신혼 생활을 누리던 그해 여름, 대한민국은 한국전쟁의 참화 속으로 빠져 들어갔다. 6월 25일 남한을 침략해온 북한군은 서울을 삽시간에 점령하여 곧바로 남쪽으로 내려갔다. 전광석화처럼 대구까지 밀고 내려간 북한군의 수중에 떨어지지 않은 곳은 부산과 경남뿐이었다. 국군은 낙동강에서 북한군과 대치하고 있었다.

부산 사범학교는 임시 휴교를 하고 있어서 월급도 나오지 않았다. 수입이 없자 쌀도 떨어질 지경이었다. 윤이상은 생활비라도 벌어볼 작정으로 군악대장으로 일하는 친구를 만나 의논했다. 친구는 윤이상의 말을 주의 깊게 듣더니 일감을 하나 주었다.

"자네가 우리 부대의 브라스밴드와 합창단 지휘를 맡아 주게."

"고맙네, 친구."

윤이상은 당장 다음 날부터 군 합창단과 브라스밴드 지휘자로 일하며 순회 연주도 간간이 다녔다. 일에 대한 보수는 식료품으로 지급됐다. 전쟁이 치열해지자 군악대는 저절로 해산되어 버렸다. 이 무렵 이수자가 임신을 했다. 윤이상은 진심으로 아내의 임신 사실을 기뻐했다. 하지만 일이 끊기자 생활은 점점 곤궁해졌다.

하루하루 먹고살 일이 걱정이던 이수자는 결혼반지며 패물을 하나씩 내다 팔아 쌀이며 반찬을 구해 왔다. 팔 패물마저 떨어지자 윤이상은 첼로를 들고 악기점에 가서 팔았다. 일경에 쫓기는 위기일발의 순간에도 자신의 몸처럼 아끼던 첼로를 팔자니 옆구리가 몹시 시려 왔다.

임신한 아내의 출산일은 점점 가까워졌다. 초겨울이 되자, 먹을 양식도 모두 떨어지고 말았다. 집안에는 등잔불을 밝힐 석유도 없었고 초 한 자루도 없었다. 추위가 온 방을 점령했지만 만삭의 아내에게 솜이불을 깔아주는 것 말고는 윤이상이 할 수 있는 건 하나도 없었다.

11월의 끝자락에, 윤이상은 먹을 것과 땔나무를 얻기 위해 밖으로 나갔다가 빈손으로 돌아왔다. 어깨가 축 처져서 돌아온 남편을 보고 이수자가 한숨을 쉬었다.

"여보, 우리 집엔 먹을 것도 없고 땔감도 떨어졌어요. 어떻게 아기를 낳지요?"

윤이상은 아내의 어깨를 끌어안으며 위로했다.

"내가 어떻게든 해보겠소. 걱정하지 말아요."

"아, 여보. 애가 나오려나 봐요. 배가 아파요."

아내가 배를 부여안고 진통을 호소했다. 불기도 없는 어두컴컴한 방에서 첫아이가 세상에 나오려 했다. 애통한 마음을 꾹 누른 윤이상은 가위를 찾아 들었다. 단둘이서 새로운 생명을 받아낼 생각을 하니 서글픔이 목젖에서 치밀어 올랐다.

그때, 기적처럼 구원자가 나타났다. 장모가 산파를 데리고 온 것이었다. 장모 옆에는 쌀부대를 이고 온 이모도 서 있었다.

"엄마가 왔다. 걱정하지 말아라. 윤 서방도 고생이 심했구만. 쯧쯧."

"수자야, 이모가 널 돌봐줄게. 산파 아주머니가 아이를 잘 받아주실 거야."

산모의 진통은 더욱 심해졌다. 방 안은 조금 전의 삭막한 풍경과는 달리 한 생명의 탄생을 맞이하는 어느 집안의 방처럼 자애로운 정경으로 바뀌어 있었다. 불은 환히 켜졌고 땔감을 구해온 이모 덕분에 공기가 훈훈해졌다.

몇 번의 진통 끝에 건강한 여자아이가 태어났다. 윤이상과 이수자의 첫아이였다. 윤이상은 큰아이 이름을 '조용하고 맑은 물가'라는 뜻으로 '정(汀)'이라고 지었다. 전쟁의 포연 속에서 태어났지만 일생을 평온하고 행복하게 지내라는 염원이 깃든 이름이었다.

전쟁이 계속되는 가운데, 학교가 다시 문을 열었다. 윤이상은 다시 부산 사범학교를 비롯한 몇몇 학교에 나가 아이들을 가르쳤다. 부산대학교에 출강해 서양 음악사 강의도 했다. 윤이상은 이 기간에 작곡 발표회를 열었고 가곡집을 출간했다. 《달무리》라는 제목으로 출간된 가곡집에는 조지훈 시인의 〈고풍의상〉, 박목월 시인의 〈달무리〉, 김상옥 시인의 〈그네〉와 〈편지〉, 박목월 시인의 〈나그네〉 등 시에 곡을 붙인 다섯 편의 곡이 수록되어 있었다. 다시 교편을 잡은 덕분에 윤이상의 살림 형편은 예전보다 나아졌다.

웬만큼 생계 문제가 해결되자, 윤이상은 결혼 이후 실로 오랜만에 친구들과 부부 동반으로 모임을 하기 시작했다.

"윤 형의 결혼식 날 저녁에 달이 매우 밝았으니 우리 부부 모임 이름을 '보름달회'라 하는 게 어떨까?

친구 중의 한 사람이 제안하자, 모두 껄껄껄 웃었다.

"보름달회보다는 보름회가 더 낫지 않을까?"

윤이상이 빙긋 웃으면서 한마디 하자 모두 고개를 끄덕이면서 동의했다.

"그래, 그게 좋겠네."

그날 모인 윤이상의 친구들은 부부 모임의 첫 번째 회동을 자축하며 잔을 높이 들었다. 부부 중의 어느 한쪽이라도 반드시 통영 출신이면 회원 자격이 주어졌다. 누군가의 제안에 따라, 앞으로 보름회의 회원들이 애경사를 맞을 때는 반드시 참여하기로 했다. 또, 어려운 회원이 있으면 물질적으로 돕는 길도 마련하자고 결의했다.

보름회 회원들이 맨 처음 한 일은 북한으로 넘어간 최상한의 부인과 자녀들을 돕는 일이었다. 최상한의 부인이 산파 일을 배워서 경제적으로 자립할 수 있도록 십시일반 돈을 모았다. 모은 회비 전액은 최상한의 부인에게 생활비에 보태 쓰라며 건네주었다. 그 후로도, 보름회 회원들은 기회가 있을 때마다 최상한의 자녀들 학비를 대주는 등 물심양면으로 지원을 아끼지 않았다. 그들은 한 달에 한 번씩 모여 서로의 안부를 물었으며 회원들의 경조사를 자신의 일처럼 챙겼다.

동요 작곡

　윤이상은 전쟁이 한창이던 1951년부터 1953년까지 동
요를 많이 썼다. 이 무렵 윤이상은 아동 문학가이자 동요
작가인 김영일과 함께 70여 편의 동요를 작곡했다. 이 동
요들은 당시의 초등학교 1학년부터 6학년까지의 음악 교
과서 6권과 전시 초등학교 노래책인《소년 기마대》1권에
수록됐다. 윤이상은 이때 주간《소년 태양》의 편집국장
으로 활동하며 동요 작곡뿐 아니라 아이들을 위한 잡지를
만드는 데도 온 힘을 기울였다.

　1953년, 전쟁이 끝나자 윤이상은 가족들을 데리고 서울
성북동으로 이사했다. 3년간의 전쟁은 이 강산을 철저히
짓밟아놓았다. 서울은 폭격에 무너지고 불타 버린 건물

들이 곳곳에 즐비했다. 종로 거리엔 구걸하는 거지가 수도 없이 많았다.

서울에서는 다행히 여러 대학의 요청이 있어 학생들을 가르치는 데 어려움이 없었다. 윤이상은 이 무렵 양정고등학교에 잠시 근무했으나 곧 그만두었다. 그 후 여러 대학에 출강해 학생들을 가르쳤다. 또한 가곡과 실내악곡, 첼로 소나타 등을 꾸준히 써서 발표하는 등 음악 활동을 정력적으로 이어 나갔다. 〈첼로 소나타 1번〉은 이때 작곡하여 초연을 했다.

해를 넘기면서 윤이상에게는 또 하나의 기쁜 일이 생겼다. 이듬해인 1954년 1월 9일, 아들 우경이 태어난 사실이다. 딸을 낳을 때보다 형편이 좋아졌을 때였다. 풍족하진 않지만 쌀 걱정은 하지 않아도 되었다. 비록 호의호식하지는 않았지만 아늑한 안방에 환한 불이 켜져 있는, 단란한 안식처가 있었다.

이 해에 윤이상은 〈악계 구상의 제 문제〉라는 중요한 글 하나를 남겼다. 우리의 전통음악을 바탕으로 더욱 진전되고 열린 음악을 해야 하는 과제에 대한 고민을 토로

한 글이었다.

윤이상이 살던 성북동 집의 길 건너편에는 시인 조지훈이 살았다. 조지훈은 윤이상보다 세 살 아래였지만 허물없는 친구가 되어 자주 어울렸다.

"고요한 밤 거룩한 밤 어둠에 묻힌 밤."

크리스마스 전날 밤, 약주를 마시고 기분이 좋아진 두 사람은 어깨동무를 하고는 골목이 떠나가도록 노래를 불렀다. 윤이상은 음악가들 외에 문인 친구들과도 폭넓게 사귀면서 이즈음의 낭만에 가득 찬 풍조와 술친구들을 격의 없이 받아들였다. 평소엔 말수가 적은 그였지만 이전에 비해 활달해졌다. 사람 사귀기를 좋아하고 어울리는 것을 마다하지 않는 적극성으로 호방한 면모를 자주 드러냈다.

한밤중에도 악상이 떠오르면 곧바로 건넌방으로 건너가 악보를 펼쳤다. 한겨울의 찬바람이 창호지 사이로 매섭게 스며들면 이불을 둘러쓰고 작곡에 열중했다. 〈현악 4중주 1번〉은 이렇게 해서 탄생했다. 이 곡에는 아름답고 신비스러운 분위기가 감돌았다. 이수자는 가끔 작품에 몰두하는 남편을 위해 과일을 깎아주었고 등을 어루만져 주었다.

1955년은 윤이상에게 매우 분주한 한 해였다. 각종 음악회를 주선했고 여러 문화 활동에 참여했다. 각 지방의 예술 운동을 주도하느라 여념이 없었다. 또한 여러 신문에 중요한 논설을 많이 발표했다. 윤이상을 비롯한 작곡가 8명이 모여 합동 신작 발표회를 열게 된 것도 인상 깊은 활동 가운데 하나였다.

유럽 유학을 열망하던 윤이상은 새해를 맞이하면서 자신의 앞날에 대한 전망을 다져 보았다. 마흔을 바라보던 나이를 스무 살 청년의 때로 삼기로 했다. 1956년부터 향후 40년 동안 음악가와 교육자로서 살아가겠다는 목표를 설정했다.

'처음 3년간은 치열하게 공부를 하자. 그다음 20년간은 교육자로서, 나머지 20년간은 음악가로서 살아야겠다. 그리고, 5년마다 교향곡을 한 곡씩 써야겠다. 해마다 실내악을 2곡씩 써서 40년간 실내악 40곡과 교향곡 4곡을 완성하겠다.'

야심 찬 포부를 노트에 적고 보니 마음이 더욱 결연해졌다. 여러 대학에 출강하면서 작곡에 매진해 나가는 일은 벅찼지만 즐거웠다. 꼬박 1년간 준비한 끝에 내놓은 〈현악 4중주 1번〉과 〈피아노 3중주〉 곡이 뜻밖의 효자노릇을 했다. 이 두 곡으로 제5회 서울시문화상을 받은 것이다. 1955년 4월 11일 서울시 공관에서 성대하게 거행된 시상식에서 윤이상은 상장과 상금 10만 원을 받았다.

　당시로서는 이 상이 대한민국 최고의 문화상이었다. 또한, 상이 제정된 이래 작곡가로서는 유일하게 윤이상이 수상자로 선정되어 그 의미가 각별했다. 윤이상은 상금을 보태어 유학 자금으로 쓰고자 했다. 일찍부터 서양 음악의 본고장에서 유럽 음악 기법과 이론을 배우고자 했던 윤이상의 열망을 아내 이수자는 너무나 잘 알고 있었다. 그러므로 윤이상이 유학 가는 문제에 대해 상의하자 이수자는 흔쾌히 동의했다.

　"여보, 내 걱정은 말고 유학을 갔다 오세요. 당신에게는 큰 뜻이 있다는 걸 알아요. 큰 새는 높은 하늘을 품어야 해요. 당신이 유학에서 성공을 거둔 다음 우리나라의 장래를 걸머질 학생들을 가르친다면 국가와 사회에 뜻깊게 이바지하는 것 아니겠어요?"

이수자는 윤이상의 눈을 바라보며 꿈을 펼쳐 나갈 것을 거듭 당부했다. 윤이상은 아내의 말이 고맙기 그지없어 말없이 두 손을 맞잡았다. 상금을 보태고도 모자라는 돈은 성북동 집을 팔아서 충당하기로 했다. 아내가 동의하자 유학 준비는 빠른 속도로 진행됐다.

윤이상은 '제2 빈악파'의 음악과 12음기법에 관심이 많았으므로 처음부터 독일로 유학을 가고 싶었다. 하지만 독일엔 아는 사람이 없었다. 당시엔 현지의 해당 대학으로부터 초청장을 받아야만 유학을 갈 수 있었다. 프랑스에는 평소 잘 알고 지내던 바이올리니스트 박민종이 체류하고 있었기에 입학 절차를 어렵지 않게 알아볼 수 있었다. 윤이상은 〈현악 4중주〉, 〈피아노 3중주〉와 합창곡 등의 악보를 소포 꾸러미에 넣었다. 이렇게 해서 파리 국립고등음악원에 입학 원서를 넣어 줄 것을 부탁하는 편지와 함께 박민종에게 국제우편을 보냈다.

빈에서 활약한 음악가는 모두 빈악파라 불렸다. 이들을

일컬어 '빈 고전파'라고도 한다. 빈 고전파는 18세기 후반에서 19세기 전반에 걸쳐 빈을 중심으로 활동을 했던 프란츠 J. 하이든, 볼프강 아마데우스 모차르트, 루트비히 판 베토벤 등 독일 고전음악을 크게 완성시킨 작곡가들을 말한다. 이들을 '제1 빈악파'라고도 한다.

이와 구별하여, 20세기 초에 빈을 중심으로 활약한 쇤베르크와 그의 제자인 알반 베르크, 안톤 베베른 등 12음 음악파의 작곡가들을 일컬어 '제2차 빈악파' 또는 '빈 무조파(無調派)'라고 불렀다. 윤이상이 관심을 가졌던 것은 바로 '제2 빈악파'의 음악이었다. 오스트리아의 빈에서 태어난 쇤베르크는 12음기법(技法)을 창안하여 유럽 현대음악계에 새로운 바람을 일으킨 무조 음악의 창시자였다.

오래지 않아 박민종이 보낸 초청장이 도착했다. 입학수속은 빠르게 진행됐다. 출국 날짜가 정해지자 친구들이 음식점에서 환송연을 열어주었다. 이 자리에 음악인들을 비롯하여 많은 문화예술계 인사가 찾아와 주었다. 그들은 모두 윤이상의 프랑스 유학을 축하해주었다. 축사와 격려사가 이어지고 꽃다발 증정이 있었다. 윤이상은 맨 나중에 연단에 올라 참석자들을 한 사람씩 다정하게 쳐다보며 답사했다.

"제 나이 불혹에 이르러 유학을 떠나게 되니 한편으론 매우 행복한 마음이 들고 또 한편으론 커다란 책임감으로 어깨가 무겁습니다. 이제 저 자신의 부족한 부분을 부단히 채워서 더욱 한국적인 것을 살리는 음악도가 될 것을 다시 한번 다짐합니다. 감사합니다."

윤이상이 답사를 마치자 지인들과 친구들이 다가와 악수를 하고 어깨를 끌어안으며 격려해주었다.

"윤형! 반드시 좋은 성과를 거두고 돌아올 것을 우리는 믿고 기다리겠소."

친구들의 따뜻한 말은 먼 길을 떠나는 윤이상에게 큰 위로와 힘이 되어 주었다.

4장

유럽 유학

1956년 6월 2일, 윤이상은 친구와 친지들의 전송을 받으며 공항을 출발했다. 윤이상은 출국 이틀 후부터 이수자에게 사랑의 마음을 담뿍 담아 편지를 보냈다.

"여보! 내 생애에서 가장 중대한 여행을 떠난 뒤 첫 편지를 당신께 쓰는 게 참으로 기쁜 일이오. 앞으로 나는 어떠한 어려움이 있다 해도 모두 이겨낼 것이며 유학을 성공적으로 마친 뒤 우리나라의 음악계를 위해 정성을 다 바칠 것이오."

서울을 떠난 지 2주 만에야 파리에 도착한 윤이상은 작은 호텔에 머물렀다. 사흘 동안 셋방을 얻으러 다닌 끝에 살기 알맞은 방을 하나 얻은 뒤 그곳에서 가을 학기를 준비했다. 파리 국립고등음악원의 가을 학기는 10월에 시작될 예정이었다. 프랑스어로 의사소통을 하려면 짧은 시간 동안이나마 충분히 배워야 했다. 숙소를 정한 다음 날 알리앙스 프랑세즈 어학학교에 등록하여 프랑스어를 배우기 시작했다.

윤이상은 프랑스의 음악가가 자신의 작품을 어떻게 평가할지 몹시 궁금했다. 그는 곧 파리 시립음악학교 교장을 찾아가 〈피아노 3중주〉와 〈현악 4중주〉를 평가해 달라고 정중히 부탁했다. 이 학교의 교장이며 전직 작곡과 교수인 귀 드 리옹꾸르는 윤이상의 작품을 듣더니 호의적인 평가를 해 주었다.

"당신에게는 우수한 소질이 있습니다. 독특한 분위기와 생각이 엿보이고, 시상이 풍부하며 구상도 뚜렷합니다. 다만 화성에 대한 연구가 부족해 보이는군요."

가을 학기가 시작되자 윤이상은 토니 오뱅에게서 작곡을, 피에르 르벨에게서 이론을 각각 배웠다. 토니 오뱅은 강의를 재미있게 진행했으나 현대음악보다는 베토벤과 바그너의 고전음악 기법에 치중해서 가르쳤다. 실력 있는 작곡가이자 탄탄한 이론가로 정평이 나 있는 피에르 르벨은 철저한 강의 준비를 하는 까닭에 학생들 사이에서 인기가 높았다.

이역만리 타향에서는 가난보다 더 지독한 것이 고독이라는 병이었다. 외로움이 뼛속까지 사무칠 때면 모든 걸 팽개치고 집으로 달려가고 싶은 생각이 수시로 찾아왔다. 그럴 때마다 윤이상은 고향 생각을 하며 건너냈다.

가끔은 뢰상부르 공원 앞의 고급 학생식당에서 저녁을 먹은 뒤 소르본대학교와 노트르담성당 앞을 걸어 센 강변을 산책했다. 강가에 휘늘어진 나무들과 유유히 흐르는 강물을 보면 아내가 생각났다. 그럴 때면 음악을 들었다.

그 무렵 윤이상은 파울 아르마를 만났다. 헝가리 출신의 작곡가인 그에게 자신의 작품에 대한 평가를 받기 위해 사전에 약속한 만남이었다.

"〈피아노 3중주〉의 경우, 당신은 멋진 요리 재료를 갖고도 나쁜 요리 방법 때문에 음식 맛을 망치고 있군요. 〈현악 4중주〉는 훨씬 나은 작품이오. 당신의 뛰어난 재능이 잘 드러나 있습니다."

파울 아르마는 처음엔 강하게 비판했지만, 나중에는 칭찬과 격려로 힘을 북돋아 주었다.

"독일에 있는 훌륭한 교수 한 분을 소개해 주겠소. 내년쯤 그분에게 가서 지도를 받는 게 좋을 거요. 토니 오뱅 교수, 올리비에 메시앙, 나디야 불랑제 교수도 그분에게 가서 배우고 있지요."

이 말을 듣고 윤이상은 깜짝 놀랐다. 자신을 줄곧 가르쳐왔던 토니 오뱅뿐 아니라 명성이 높은 음악가와 교수들이 독일에 가서 배우고 있다니.

"그분의 성함이 어떻게 되십니까?"

"보리스 블라허, 서베를린음대의 교수이자 학장이오."

윤이상은 아르마의 말을 듣고 산삼이라도 발견한 것처럼 기쁘고 반가웠다. 한국에서 쇤베르크에 대해 공부할 때 그의 제자인 보리스 블라허에 대해서도 알게 되었던 까닭이었다. 윤이상은 안개 속을 헤매다가 비로소 나침반을 갖게 된 항해사처럼 마음속 희망의 등불이 커지기 시작했다.

파리에서 공부한 것은 나름대로 유익한 것이었지만, 자

신이 가야 할 길과는 거리가 있어 보였다. 파리 생활은 별로 즐겁지 않았다. 유학 생활이 6개월째에 접어들었는데도 아직 목표를 정하지 못했다는 게 답답하기만 했다.

첫 번째 과제물을 제출했을 때였다. 윤이상의 곡을 피아노로 쳐 보던 피에르 르벨이 갑자기 용수철처럼 벌떡 일어서더니 외마디 소리를 질렀다.

"당신의 작품은 훌륭하지만 유별난 데가 있군!"

그가 보기에는 윤이상의 작품이 우아하지 않았을지도 모른다. 하나의 주제 음을 일관되게 이끌어가는 동양 음악은 여러 음을 모티프로 하여 주제를 만들고 그에 따라 다양하게 변주해 나가는, 다성음악(polyphony)을 전통으로 하는 서양 음악과는 큰 차이가 있었다. 이것은 좋고 나쁨의 문제가 아니었다. 다른 세계와 문화권, 다른 전통과 철학 및 사상, 사람살이의 독특한 양식이 빚어낸 차이일 뿐이었다.

윤이상은 단음 체계의 동아시아 음악과 다성 화음의 서양 음악 체계와의 차이를 인정하면서 대위법과 화성음을 열심히 연구했다. 이론 면에서나 실제 작곡 면에서나 이

것을 바탕으로 실력과 기초를 다지는 게 가장 중요했다.

유학 생활에서 성공을 거둔 다음, 한국에서 교수가 되어 젊은 학생들에게 서양의 음악 이론을 정성껏 가르치고 싶은 게 맨 처음 세운 목표였다. 유학 기간을 단축하고자 했던 윤이상은 밤을 낮처럼 밝히며 공부에 더욱더 매진했다.

윤이상이 도서관에서 파고 살며 독하게 공부한다는 건 웬만한 파리 유학생들은 모두 알고 있었다. 이런 바쁜 와중에도 윤이상은 재불 파리 한인회장을 맡아 동포들의 권익 증진과 정보 교환, 애경사 참여에 적극적이었다. 그는 타고난 책임감과 의지로 자신이 맡은 바 일을 성실히 해내려 애를 썼다.

한 해가 지났다. 나이 마흔이 넘으면 일반 학생 자격이 상실되는 학교 규정에 따라 윤이상은 전년도보다 학비를 더 많이 내야 했다. 아내가 송금하는 금액에서 생각보다 큰 액수가 학비로 빠져나가는 바람에 빠듯하게 살 때가 많았다.

어느 날 집에서 송금이 되었는지 확인하기 위해 호텔로

149

찾아간 윤이상은 허탕을 치고 힘없이 돌아왔다. 그런 날에는 학생식당에 가도 표가 없어서 그냥 돌아서야 했다. 돈도 다 떨어지고 식권도 없어서 굶는 날엔 배에서 눈치도 없이 쪼르륵 소리가 나왔다.

"미스터 윤, 얼굴이 부었군요. 어디 아픈가요?"

"감기 때문에 기침을 해서 그런가 봅니다."

몇몇 아는 학생이 걱정스러운 눈길로 물어보자, 윤이상은 대충 둘러대면서 헛기침을 했다. 자존심이 강한 윤이상은 돈이 없어도, 배를 곯아도 주위에 아무런 내색을 하지 않았다. 파리의 쌀쌀한 날씨는 윤이상의 건강을 위협하는 요소가 되었다. 학비 부담이 커지는 것은 큰 짐이었다. 하지만, 무엇보다도 동양과 서양의 다양한 음악 세계의 차이를 인정하고 그것을 더 나은 방향으로 발전시켜 줄 진정한 스승이 필요했다. 이 일을 더 미룰 수는 없었다.

서베를린음악대학 입학

　윤이상은 파울 아르마의 도움을 받아 서베를린음악대학의 보리스 블라허 교수를 면담했다. 보리스 블라허는 윤이상의 작품을 주의 깊게 보더니 대뜸 입학을 허락해 주었다.

　"괜찮은 작품이군요. 입학 수속을 밟도록 하시오. 앞으로 나와 같이 음악에 대해 연구해 봅시다."

　1957년 7월, 윤이상은 교수가 인정한 학생이었기에 별도의 시험 절차를 거치지 않고 입학 등록을 했다. 서베를린음악대학에 입학한 윤이상은 음대 학장이자 실력 있는 작곡가에게 배울 생각을 하니 가슴이 부풀었다. 교무처에 알아보니 등록비는 무료였고, 생활비도 매우 적게 든

다고 했다. 윤이상은 그달 중순에 베를린으로 이사를 했다.

블라허 교수가 담당한 학급은 윤이상을 포함하여 외국인 학생 아홉 명으로 구성된 특별학급이었다. 모두 작곡가로 활동하던 사람들이었다. 블라허는 이들을 모두 작곡가로 인정해주었다, 다만 현재의 기량에서 부족한 점을 보완해주는 취지로 수업을 진행했다.

블라허 교수는 높은 인격을 지닌 지도자였다. 그의 강의는 짧고 신중했으며 정확하지 않은 것만을 지적했다. 윤이상에게는 늘 충고를 잊지 않았다.

"복잡하게 쓰지 말고 연주자들을 고려하면서 곡을 만드시오. 당신만이 갖고 있는 동양 음악의 특징을 끌어내도록 노력하시오."

블라허는 급진적인 현대음악가가 아닌 까닭에 세리얼 음악(음렬로만 이루어진 음악이나 12음 음악)을 작곡하지는 않았다. 또한 윤이상이 알고 있던 방법을 버리라고 강요하지도 않았다. 그가 특히 강조한 것은 동양의 정서와 음악 언어를 바탕으로 하여 서양 음악 체계와 어떻게 조화를 이룰 것인가 하는 문제였다. 파리에서 공부할 때 윤이상이 바라던 것도 바로 그것이었다. 블라허는 윤이상과 기묘한 일치점에서 만나고 있었다.

윤이상은 슈바르츠 실링 교수에게서 대위법과 카논, 푸가를 배웠다. 쇤베르크의 제자인 요제프 루퍼에게서는 제2차 빈악파의 기법을 귀에 못이 박힐 정도로 철저하게 배웠다. 실링 교수는 제자들에게 따뜻하게 대해 주었다. 루퍼는 작품 분석을 엄격하게 하기로 소문난 사람이었다. 이미 일본에서부터 루퍼가 쓴 《12음에 의한 작곡》을 공부했기 때문에 그의 강의를 이해하는 데는 어려움이 없었다.

보리스 블라허와 요제프 루퍼는 윤이상에게 균형 감각을 일깨워주는 훌륭한 스승들이었다. 블라허는 작곡에 대한 명쾌한 방향을 제시해 주었다. 루퍼는 정확하고 탄탄한 이론을 가르쳐주었다. 윤이상은 이를 바탕으로 12음기법을 뛰어넘는 다른 차원의 곡을 쓰고 싶었다.

지루했던 제2차 세계대전이 끝남에 따라 유럽 여러 지

역의 학생들이 베를린으로 오기 시작했다. 폭격에 의한 건물 피해가 큰 까닭에 방 구하기는 하늘의 별 따기였다. 윤이상은 운 좋게도 커다란 방을 구했다. 이 집 주인은 동독에서 온 남작 부인이었다. 귀족 출신이었지만 귀가 어두운 데다가 청소를 싫어하는 추레한 늙은이였다. 고양이를 많이 길러서 집안 곳곳은 항상 지저분했다. 키우던 고양이가 죽자 묘한 일이 벌어졌다. 주인은 발코니에 고양이 사체를 늘어놓고는 며칠 동안이나 눈물로 애도했다. 이 불쾌한 광경을 보다 못한 하숙생들의 신고로 경찰이 출동하는 소동이 빚어졌다.

집주인은 자린고비였다. 방을 구하지 못해 헤매는 젊은이들에게 숙박비를 한 푼이라도 더 받기 위해 복도 여기저기에 재우곤 했다. 심지어 부엌이나 식당에까지 매트리스를 깔아놓고 잠자리를 마련했다. 밤잠이 없는 주인 부부는 늦은 밤에도 라디오를 시끄럽게 틀어놓을 때가 많았다. 숙박하는 사람들은 장난감 실로폰을 두드리며 항의했다. 윤이상은 첼로를 켜며 이 아수라장을 덮어 버리고자 애를 썼다. 시장 바닥보다 더 소란스러운 곳이었다.

윤이상은 이 어수선한 숙소에서 남에게 빌린 첼로로 연주 연습을 하며 곡을 썼다. 졸업시험 준비를 위해 학교 도서관에서 파고 살 정도로 공부에 집중했다. 빨리 시험을 쳐서 졸업장을 딴 다음 귀국하고 싶었다. 윤이상이 공부를 열심히 한다는 소문은 얼마 지나지 않아서 온 학교에 쫙 퍼졌다.

겨울방학에는 유럽의 여러 나라를 둘러보는 수학여행을 갔다. 남부 독일과 오스트리아, 체코슬로바키아를 한 바퀴 도는 일정이었다. 여행 기간 내내 여러 나라 학생들과 함께 유럽의 역사와 문화를 체험할 수 있었다.

1958년에는 가톨릭 재단으로부터 장학금을 받기 시작했다. 학비를 내지 않고 학교를 다닌다는 것은 경제적으로 곤궁한 마흔한 살 늦깎이 유학생으로서는 큰 행운이었다. 이 무렵, 학생 대표로 뽑힌 윤이상은 해외 여러 나라의 학생들로 구성된 민속예술단을 만들어 순회공연을 자주 다녔다. 8월 11일부터 17일까지 7일간 베를린에서 열린 '가톨릭의 날' 행사에서는 윤이상의 작품이 연주되는 기쁨도 맛보았다. 윤이상이 유럽에서 처음으로 작곡가로 데뷔한, 이날의 연주회는 큰 성공을 거두었다. 하지만 윤이상은 여기서 만족하지 않고 묵묵히 작곡을 계속했다.

그해 가을, 윤이상은 이수자에게 편지를 썼다.

"나에게는 음악이란 꽃이 언제든 한번은 피게 마련이라고 믿소. 나의 꽃도 반드시 피고 말 거요. 꽃이 피면 나는 이곳에 꽃씨를 뿌려놓고 돌아갈 것이오."

윤이상은 바이올린 협주곡을 빨리 완성하고 싶었다. 겨울 학기를 끝낸 후 베를린음악대학을 졸업하고자 했다. 이듬해엔 다름슈타트에 출품할 작품을 쓸 예정이었다. 그곳에 작품을 출품하면 작품집 출판도 순조로울 것이었다. 열정을 다해 작곡하고 공부에 전념하여 빨리 고국에 돌아가는 게 목표였다. 하지만 그 일은 많은 노력을 기울여야만 이룰 수 있었다.

어느 날, 윤이상은 작곡과 주임교수를 만나 졸업시험에 대해 상의했다.

"교수님, 저는 지금부터 졸업 시험을 준비하고 싶습니다. 한국에서 교수가 되려면 졸업장이 있어야만 합니다. 그렇기 때문에 저는 꼭 음악대학을 졸업하고자 합니다.

어떻게 하면 좋을까요?"

주임교수는 물끄러미 윤이상을 쳐다보며 답변했다.

"당신은 이미 작곡가요. 굳이 졸업장이 없어도 되지 않소? 우리 작곡과에서는 지난 칠 년간 졸업생을 단 한 사람도 배출하지 않았어요."

기악과나 성악과의 경우 해당 전공 분야에서만 시험을 치면 졸업이 되었다. 하지만 작곡과는 음악과 관련된 일곱 과목의 시험에서 고루 우수한 성적을 내어야 졸업 시험에서 통과할 수 있었다. 이 때문에 대부분의 작곡과 학생들은 졸업 시험을 포기하는 편이었다. 그러나 윤이상은 밤을 낮 삼아 공부에 전념했다.

1958년 9월 1일, 윤이상은 다름슈타트 국제현대음악제 하기 강습회에 참석했다. 그는 여기서 슈토크하우젠, 노노, 불레즈, 마데르나, 존 케이지 등 전위적인 급진파 작곡가들을 알게 되었다. 유럽 현대음악을 대표하는 이들의 음악 세계는 충격과 매력 그 자체였으나 윤이상이 추구하기에는 너무 먼 곳을 달려가고 있었다. 특히 존 케이지의 작품은 도저히 가까이 다가갈 수 없는 소음의 영역이어서 자신이 추구하는 세계와 거리가 멀었다.

백남준과의 만남

　윤이상은 조용히 산책하기 위해 숙소 밖의 뜰로 나갔다. 어둠 속에서 어떤 젊은 동양인 남자가 다가와 말을 걸었다.

　"혹시 윤이상 선생님 아니신가요?"

　"그렇습니다만. 누구신지요?"

　"예, 저도 이번에 작품을 발표하기 위해 한국에서 왔습니다. 뵙게 되어 반갑습니다."

　"정말 반갑소."

　청년의 이름은 백남준이었다. 두 사람은 이번 강습회 기간 내내 같은 방을 쓰는 룸메이트였다.

　전날 있었던 음악회에서 피아노곡을 연주한 존 케이지

의 연주 방식은 매우 독특했다. 그는 멜로디도 없이 한참 뜸을 들여 건반 하나씩을 눌렀다. 잠시 후 피아노 뚜껑을 닫았다가 열기를 여러 차례 반복했다. 그러고는 호루라기를 불거나 라디오를 틀어놓았다. 연주가 아니라 퍼포먼스라고 부르는 게 차라리 더 나은 기괴한 연주였다.

백남준도 존 케이지에 못지않았다.

"선생님, 저는 이번 연주회 때 무대 위에서 권총을 쏠 예정입니다. 유리 깨지는 소리와 피아노 소리가 어떻게 어울리는지 실험할 것입니다."

"허, 그렇다면 당신의 연주는 음악의 범위를 넘어서는 것이로군요."

"그렇습니다. 제 연주에서 음악이라는 말을 걸러내는 게 목적이죠."

스물여섯 살의 백남준이 반짝이는 눈에 장난기를 가득 담고서 씩 웃었다.

참으로 개성이 강한 이들 모임의 중심에는 볼프강 슈타이네케가 있었다. 그는 전 세계 현대음악의 발전에 많은 업적을 남긴 사람들 가운데 한 명이었다. 그러나 윤이상은 이러한 전위적인 작곡가들과는 선을 분명히 그을 생각이었다.

하기 강습회를 초창기부터 주도한 슈타이네케 박사는 윤이상과 함께 회의실에서 차를 마시던 도중 흥미로운 제안을 했다.

"내년에 다름슈타트에서 당신의 작품을 연주해 주시겠소?"

슈타이네케 박사의 제안은 놀라웠다. 윤이상의 작품에 대해 어느 정도 알고 있었거나, 윤이상이 훌륭한 잠재력을 갖고 있는 예술가라는 것을 믿고 있었던 것이 분명했다. 슈타이네케 박사의 제안은 윤이상에게 새로운 도전과 희망을 주었다.

"예, 박사님. 준비해 보겠습니다."

슈타이네케 박사를 바라보는 윤이상의 눈은 기쁨으로 빛났다. 유럽 음악계의 높은 벽을 뛰어넘을 수 있을지 시험해 볼 중요한 관문 하나가 저만치 눈에 보였다.

다름슈타트 하기 강습회는 유럽 음악계의 등용문이었다. 신진 작곡가의 작품이 다름슈타트에서 연주되는 순간, 그는 일약 비중 있는 작곡가로서 그 실력을 인정받게 되었다. 그만큼 중요한 무대였으며 전 세계인으로부터 확연히 주목받을 수 있는 중요한 관문이었다.

베를린에 다시 온 윤이상은 슈타이네케 박사의 제안을 염두에 두고 다름슈타트 하기 강습회에서 연주할 곡을 쓰기 시작했다. 그 곡은 12음기법으로 작곡한 〈일곱 악기를 위한 음악〉과 〈피아노를 위한 다섯 개의 소품〉이었다. 윤이상은 이 작품들을 쓰느라 한 해를 다 보냈다.

1959년 3월, 〈일곱 악기를 위한 음악〉과 〈바이올린 협주곡〉, 두 번째 〈현악 4중주〉를 완성한 윤이상은 블라허 교수에게 찾아갔다. 〈일곱 악기를 위한 음악〉 악보를 본 블라허의 얼굴이 금세 환해졌다. 그의 입에서 특유의 짧은 평이 흘러나왔다.

"좋은 작품이오."

칭찬에 인색한 그에게서 좀처럼 들어볼 수 없는 말이었다. 건성으로 하는 평가가 아니라 진심으로 마음에 들어하는 칭찬이었다.

"미스터 윤, 정말 훌륭한 작품이오."

그가 악보와 윤이상을 번갈아 쳐다보며 거듭 찬사를 보냈다. 보리스 블라허에게서 극찬을 받은 윤이상은 무한한 힘이 용솟음치는 듯한 느낌이 들었다.

1959년 4월 6일, 윤이상은 다름슈타트 국제현대음악제의 하기 강습회에는 〈일곱 악기를 위한 음악〉을, 네덜란드의 빌토벤에서 열리는 가우데아무스 음악제에는 〈피아노를 위한 다섯 개의 소품〉을 각각 출품하였다. 윤이상은 이 작품들이 어떤 평가를 받을지 전혀 알 수 없었다. 이미 한 해 전에 보았던 것처럼, 그곳에서 발표된 급진적인 현대음악가들의 작품이 주류를 이루었기 때문이었다.

자신이 출품한 두 작품은 가야금의 농현을 염두에 둔 비브라토와 글리산도와 같은 동양적인 기법을 다양하게 구사한 것이었다. 비록 현대적인 기법으로 쓴 작품이긴 했지만, 그렇다고 해서 급진적인 것은 전혀 아니었다. 한국의 전통 악기에서 나는 소리를 바이올린이나 피아노 같은 서양 악기로 표현하는 건 쉽지 않았다. 하지만 악보를 쓰는 순간의 지혜와 영감은 가장 높고 순수한 것이었다.

윤이상은 마음을 추스르기 위해 미술가들과 대화를 나

누는 데 많은 시간을 보냈다. 음악과 미술의 만남은 작곡의 폭을 훨씬 깊고 넓게 하는 데 도움이 되었다. 마침 카셀에서 열리고 있는 현대회화전을 보고 특히 깊은 감명을 받았다. 파블로 피카소, 마르크 샤갈, 롤드 등 현대 미술을 대표하는 뛰어난 화가들과 전위미술가들에 이르기까지 다양한 작가의 작품을 관람하는 동안 흥분되던 마음이 차분해짐을 느꼈다.

〈일곱 악기를 위한 음악〉은 12음기법을 토대로 하여 작곡한 작품이었다. 2악장에서는 첼로의 글리산도를 통해 동양의 음양 사상을 음악적으로 표현했고, 3악장에서는 윤이상이 창조한 '주요 음향 기법'이 12음기법과 조화를 나타내는 형태로 전개되었다.

작품을 출품한 때로부터 두 달이 지난 6월 14일, 반가운 소식이 날아들었다.

"윤이상 선생님, 오는 9월 4일 다름슈타트에서 열릴 국제현대음악제 하기 강습회에서 선생님의 작품 〈일곱 악기를 위한 음악〉을 연주할 예정입니다."

"윤 선생님이 작곡한 〈피아노를 위한 다섯 개의 소품〉

을 9월 16일 네덜란드의 빌토벤에서 열리는 가우데아무스음악제에서 연주할 작품으로 채택했습니다."

편지에는 유럽 음악계를 비롯한 여러 나라의 작곡가들이 경쟁적으로 출품한 까닭에 심사하는 기간만 무려 2개월이 넘었다는 설명이 덧붙어 있었다. 이 편지를 받은 윤이상은 뛸 듯이 기뻤다. 세계적으로 권위 있는 두 연주회에서 두 작품을 모두 정식으로 연주할 기회를 갖게 되었기 때문이다.

"됐어! 드디어 해냈어! 해내고 만 거야!"

1959년 7월, 마흔두 살의 윤이상은 입학한 지 2년 만에 서베를린음악대학의 졸업 시험을 무사히 통과했다. 이 대학 작곡과로 보자면 7년 만에 첫 졸업생을 배출해낸 셈이기도 했다. "정성이 지극하면 하늘도 감동한다"라는 말처럼 된 것이다. 윤이상은 9월에 있을 다름슈타트와 네덜란드의 국제 음악제에 참여하기 위해 모든 준비를 해 나갔다.

다름슈타트에서의 성공적인 데뷔

1959년 9월 4일, 윤이상은 국제현대음악제 하기 강습회 참여를 위해 다름슈타트로 갔다. 윤이상은 자신의 작품이 수많은 청중과 동료 음악가들로부터 어떤 평가를 받을지 몰라 몹시 불안하였다. 윤이상은 만약 반응이 싸늘하다면 곧장 귀국하려고 마음먹었기에 짐을 꾸려두었다. 누구나 원하지만 모두가 성공하지는 못하는 곳이 바로 다름슈타트 국제현대음악제의 하기 강습회였다. 이 무대는 성공과 실패를 판가름하는 중요한 무대였다. 뜨거운 박수갈채를 받으며 유럽 음악계의 총아로 떠오르거나 혹은 평론가들의 지적을 받으며 끝없이 추락하거나 둘 중 하나였다.

윤이상은 함부르크 실내악단의 독주자들과 젊은 미국인 지휘자 프랜시스 트래비스와 만나 악수를 나누며 인사를 했다. 리허설이 진행되는 동안 심장이 급하게 뛰는 것을 느끼면서, 눈을 감고 주먹을 꽉 쥐었다.

다름슈타트의 음악적 권위는 정평이 나 있었다. 청중은 시원찮은 음악이 연주되면 가차 없이 고함을 질렀고 휘파람을 불었다. 전문 음악가들과 비평가뿐 아니라 일반적인 청중이라 하더라도 그들의 귀는 예민했다. 완성도를 따지는 심미안 또한 높았다. 이 무대에 자신의 작품이 오른다는 것은 성공과 실패를 변별해주는 가늠자와 같은 의미가 있었다.

윤이상은 이러한 중압감 때문에 연주를 취소하고 그냥 돌아갈까 하는 마음이 들 만큼 긴장이 되었다. 마침 이날의 연주회엔 프랑크푸르트방송국을 포함한 여러 방송국에서 실황방송을 하기로 되어 있었다. 윤이상의 작품은 마지막 실내악의 밤에 첫 번째로 연주될 예정이어서 빼도 박도 못할 상황이었다.

리허설 도중에 만난 음악인들의 상당수가 윤이상에게

호의를 표시했다.

"윤, 당신의 작품이 이번 무대에서 가장 돋보인다는 평을 받고 있소. 축하하오."

반대로, 어떤 사람은 달갑지 않은 표정을 짓기도 했다. 이 무대에서 성공하면 곧바로 유럽 음악계가 공인하는 음악가로 격상되기 때문에 경쟁심과 질시가 작용한 까닭이었다.

저녁 8시에 시작된 연주회에서 맨 처음 연주된 곡은 윤이상의 〈일곱 악기를 위한 음악〉이었다. 지휘자 프랜시스 트래비스가 명성 높은 함부르크 실내악단의 독주자들을 지휘하는 가운데 1악장이 연주되었다. 청중은 동양에서 온 미지의 작곡가가 풀어놓는 세계를 빨아들이기 위해 침 삼키는 소리도 없이 감상에 열중했다.

2악장은 다른 악기가 잔잔히 흐르는 가운데 오보에가 홀로 음을 이끌어 가는 분위기로 곡의 전체 흐름을 주도해 나갔다. 깊은 바닷속에서 들려오는 듯한 신비한 음색이 무대를 가득 채웠다. 한국 음악의 전통이 절절하게 밴 멜로디가 울려나오자 청중은 깊은 숨을 고르며 홀린 듯

경청했다. 이어진 3악장에서는 첩첩이 쌓인 비단 천을 한 겹씩 걷어내는 듯한 섬세한 음률이 작고 여린 부분에 이르기까지 주제를 표현해내었다. 3개의 악장이 모두 끝나자 청중은 우레와 같은 박수를 보내기 시작했다.

프랜시스 트래비스가 윤이상을 무대 위로 불러올려 청중에게 소개했다. 박수 소리는 한층 더 커졌다. 윤이상은 연주자 일곱 명과 일일이 악수를 한 다음 무대 아래의 자기 자리에 앉았다. 열렬한 박수 소리가 그치지 않자, 다시 무대로 올라가 청중에게 정중히 인사를 했다.

"브라보!"

객석 여기저기에서 '브라보'를 외치는 소리가 천둥처럼 울렸다. 청중이 열렬한 환호와 갈채를 보내자 윤이상은 감격스러운 눈길로 허리를 깊이 숙여 한국식으로 고마움에 답하는 인사를 했다. 무대에서 내려와 자리에 앉자 여기저기서 윤이상을 향해 활짝 웃으며 고개를 끄덕여 주었다. 연주회가 끝나자 슈타이네케 박사가 윤이상에게 악수를 청하며 말했다.

"오늘 당신이 거둔 성공을 진심으로 축하합니다."

슈타이네케 박사 옆에서 유명한 작곡가인 헤르만 하이스가 윤이상의 손을 덥석 잡았다.

"오늘 저녁의 연주회에서 윤 선생님의 곡이 가장 돋보였습니다. 제가 지금까지 다름슈타트에서 들었던 외국인의 작품 중에서 윤 선생님의 작품이 가장 훌륭했습니다."

하이스는 윤이상의 손을 잡고 흔들며 두 번이나 칭찬하며 얼굴 가득 미소를 지었다.

"축하드립니다, 선생님. 한국인 작곡가가 세계적인 무대에서 유럽의 쟁쟁한 작곡가들을 제치고 당당하게 이겼습니다. 정말 감동적인 순간입니다."

바로 옆에서 백남준이 젖은 눈으로 말했다. 그날 저녁, 음악회의 주최 측이 음악가들을 초청한 만찬 리셉션에서 윤이상은 큰 환영을 받았다.

"윤이상 선생님, 성공을 축하합니다. 참으로 아름다운 작품이었습니다."

"선생님께서 작곡한 음악은 정말 훌륭해요."

작곡가들과 연주자들이 모두 윤이상에게 다가와 악수를 하며 한마디씩 칭찬했다.

"윤 선생님의 작품은 오늘 밤 저희들의 연주를 더욱 빛나게 해주었습니다. 감사합니다."

지휘자인 프랜시스 트래비스가 윤이상과 잔을 부딪치며 고맙다는 이야기를 했다.

다음 날, 다름슈타트의 한 신문에 난 기사는 윤이상의 음악에 대한 극찬으로 가득했다.

"다름슈타트음악제의 제2 실내악 연주회는 한국 출신의 젊은 작곡가인 윤이상의 작품 〈일곱 악기를 위한 음악〉으로 막을 열었다. 이 작품은 퍽 아름답게 만들어졌다. 까다롭지 않고 사랑에 가득 찬 이 작곡에 많은 이가 절찬의 박수를 보냈다."

네덜란드의 빌토벤에서 열린 가우-데아무스 재단의 음악제에서도 윤이상의 진가는 어김없이 드러났다. 9월 16일의 음악제에서 연주된 윤이상의 작품에 대해 청중은 깊은 관심을 나타냈다. 이튿날, 네덜란드의 신문과 잡지마다 윤이상의 음악 기법과 높은 완성도를 칭찬하는 기사가 실렸다.

"윤이상의 작품에서는 빼어난 작곡 기술이 단연 돋보였

다. 확실히 질적으로 뛰어난 작품이었다."

유럽인들은 한국전쟁으로 폐허가 된 나라인 코리아에 대해 알고 있었다. 비참한 지경에 처한 나라에서 온 작곡가가 당당히 유럽 음악계의 관문인 다름슈타트에서 성공했다는 것 자체가 빅 뉴스였다.

"그가 그들의 음악을 듣고 나오지 않고 음악의 에스페란토인 현대 작곡 기술을 구사한 것은 우리에게 경이로운 일이었다."

유럽인들은 윤이상이 한국의 민요와 같은 종류의 음악이나 내놓을 것으로 지레짐작하고 있었다. 하물며 윤이상이 동양 음악의 전통 위에서 서양 음악의 기법을 세련되게 구사했다는 것은 찬탄을 자아내는 대목이 아닐 수 없었다.

다름슈타트와 빌토벤에서 잇따라 큰 성공을 거둔 윤이상은 그 무렵 1960년에 개최될 예정인 제34회 국제현대음악제를 겨냥하여 〈현악 4중주 3번〉을 작곡했다. 이 작품이 채택된다면 윤이상의 음악가로서의 위상은 유럽에서 더욱 우뚝 설 수 있었다. 마음을 비우면서 작품에 몰두하던 윤이상은 이수자에게 독일로 오라는 내용의 편지를 썼다.

"신년이 시작되는 대로 당신의 여권 발급 수속을 밟아 보오."

아이들은 좀 더 큰 다음에 데려오기로 하고 우선 아내부터 독일로 불렀다. 아직은 정착해 살 집도 없었고, 큰 돈벌이도 없던 터라 가족을 모두 불러올 수가 없었다. 다름슈타트 국제현대음악제와 가우-데아무스음악제에서 성공을 거두자 일거리가 많이 쏟아져 들어왔다. 짐을 싸들고 한국으로 떠나려던 계획은 결국 포기했다. 이 무렵 베를린의 쟁쟁한 출판사들이 갑자기 출판을 제의해왔다. 윤이상은 행복한 고민에 빠졌다.

5장

칭찬과 야유

윤이상은 작곡이 끝나 휴식이 필요할 때면 조국의 흙냄새를 맡을 양으로 가끔 라디오를 틀거나 텔레비전을 켜서 국내 소식을 들었다. 1960년 봄, 그날도 라디오 앞에 귀를 기울이고 있었다. 뉴스를 듣던 도중 한국 정부가 학생 시위대를 향해 총을 쏘아 사상자가 상당히 많이 발생했다는 소식을 접하고는 충격을 받았다.

이승만 정부가 정권을 연장하기 위해 3·15부정선거를 저질렀고, 이에 항의하는 시위가 전국적으로 확대됐다. 시민과 학생들은 총궐기했다. 경찰은 평화롭게 행진하던 시위대에게 마구 총을 쏘아, 학생과 시민들이 길거리에서 붉은 피를 흘리며 쓰러져간 것이다.

이 과정을 텔레비전으로 보는 심정은 참담했다. 유학을 떠나온 지 4년, 항상 조국의 흙냄새를 그리워하던 마흔세 살의 윤이상으로서는 감당하기 어려운 충격이었다. 침대에 누워도 잠이 오지 않았다. 심장이 심하게 뛰었다.

"우리나라의 아까운 젊은이들이 저리도 처참하게 죽어 나가다니!"

윤이상은 마치 자신의 친형제나 조카가 죽기라도 한 것처럼 눈물을 흘렸다. 작곡 일도 손에 잡히지 않았다. 4·19 혁명이 일어난 지 이레 만에 이승만 대통령이 권좌에서 물러났다. 시민의 힘으로 권력자를 물리친 일은 우리나라가 생긴 이후 처음 있는 일이었다. 시민혁명이 성공했다는 소식에 희망을 조금 가져 보았지만, 그것은 뜻밖의 회오리 속에 파묻히고 말았다.

1961년 5월 16일 새벽, 박정희 소장을 비롯한 군인들이 쿠데타를 일으켰다. 포병 5개 대대를 앞세운 그들은 서울에 들어와 곧장 육군본부를 점령했다. 나아가 방송국과 발전소를 비롯한 정부 주요 기관들을 접수하여 곧바로 군사혁명위원회를 구성한 뒤 정권을 빼앗았다.

이런 일을 전혀 몰랐던 이수자는 그동안 다니던 학교에 사표를 냈다. 쿠데타가 발발하기 하루 전, 이수자는 동료 교사들에게 송별 인사를 했다. 5월 16일, 독일로 가려던 이수자는 공항에서 돌아와야 했다. 공항에 배치된 무장 군인들이 비행기의 이착륙을 금지했기 때문이었다. 이수자는 할 수 없이 공항에서 돌아와 다시 학교에 복귀했다.

고국에서 철권통치가 시작되었다는 소식에 더해, 예정대로 아내가 오지 못한 것에 충격을 받아 윤이상은 건강이 나빠졌다. 또다시 심장 발작이 일어나기 시작했다. 그러나 작곡 활동을 멈출 수는 없었다. 오선지와 씨름하다 보면 어느덧 평온한 마음이 되곤 했다. 윤이상에게 작곡은 몸과 마음을 치유하는 묘한 힘이 있었다.

그해 가을, 공항에는 다시 비행기가 떠서 입국과 출국이 자유로워졌다. 이수자는 학교를 정리하고 혼자서 독일행 비행기를 탔다.

"여보, 다시 만나니 꿈만 같소."

"그동안 혼자서 고생 많으셨지요?"

프랑크푸르트에서 만 5년 4개월 만에 만난 윤이상과 이수자는 감격스러운 표정으로 포옹했다. 하지만 두고 온 아이들 때문에 이수자의 얼굴은 밝지 않았다. 윤이상도 마음이 아려 왔다. 변변한 살림집 하나 장만하지 못한 게 딱했던지 친구인 프라이부르크대학의 귄터 프로이덴베르크 교수가 방 하나를 마련해 주었다. 사랑하는 아내와 만난 윤이상은 차츰 안정을 찾아갔다. 이수자는 윤이상의 책상 앞에 사신도(四神圖)의 서쪽 수호신인 백호의 그림이 붙어 있는 것을 보고는 가만히 미소 지었다. 한국에 있을 때부터 늘 사신도에 대해 칭송해마지 않던 남편이었기에 그 그림이 더욱 정다웠다.

　조국의 상황이 불안정했지만 작곡은 꾸준히 해나갔다. 윤이상은 그해 11월 서독의 프라이부르크로 이사했다. 작곡 의뢰가 쉴 새 없이 밀려 들어왔다. 분, 초를 헤아리기 어려울 만큼 바쁘게 움직이는 나날이었다. 헤센방송국의 위촉을 받아 〈교향악적 정경〉을 썼고, 함부르크방송국의 요청으로 〈콜로이드 소노르〉를 작곡했다. 두 작품은 모두 관현악곡이었다.

　내놓는 작품마다 찬사를 받던 윤이상이었지만 항상 좋

앗던 건만은 아니었다. 가을에 〈교향악적 정경〉을 발표했을 때는 청중으로부터 거친 야유를 받았다. 그해 겨울 함부르크에서 초연된 〈콜로이드 소노르〉를 리허설할 때는 이보다 더 심했다. 오케스트라 단원들은 연주법이 까다롭다며 연습할 때 심하게 투덜거렸다. 리허설이 막 시작될 때 어떤 단원이 지휘자에게 종이 한 장을 내밀었다.

"이게 뭡니까?"

"진단서입니다. 오늘 계획되어 있던 까다로운 곡들을 연주하면 건강을 해칠 수 있다고 의사가 경고하더군요."

"오늘 연주회를 망치자는 겁니까? 집어넣으세요, 당장!"

지휘자가 연주자에게 단호하게 말하자, 진단서를 가지고 온 연주자는 머쓱한 표정으로 자리에 앉았다. 하지만 여기서 끝난 게 아니었다.

"윤이상의 작품은 특히 어렵기 짝이 없어! 이런 난해한 작품을 어떻게 연주한단 말이야."

첼로 주자 가운데 한 사람이 큰소리로 불평했다. 객석에 앉아 있던 윤이상은 더는 두고 볼 수가 없어서 무대로 올라간 다음 첼로 주자에게 말했다.

"제가 한번 연주해 볼 테니 그 첼로를 빌려 주시겠소?"

"이건 아주 비싼 거라서 곤란합니다."

첼로 주자가 먼 산을 쳐다보면서 차갑게 대꾸했다.

"제가 빌려 드리죠."

옆에 있던 사람이 악기를 내밀었다. 윤이상은 그 사람의 첼로를 받아 든 뒤, 첼로 주자가 어렵다고 한 피치카토와 글리산도 부분을 손쉽게 연주해 보였다. 손으로 현을 뜯거나 퉁기는 피치카토와 하나의 음에서 다른 음으로 갈 때 미끄러지듯 연주하는 글리산도 기법은 이 곡에서 표현해야 할 가장 중요한 부분이었다.

윤이상이 능숙하게 연주하자 첼로 주자는 머쓱해졌다. 단원들은 벌레 씹은 얼굴이 되어 잠잠해졌지만, 충분히 연습하지 못한 까닭에 이날의 연주는 엉망이 되고 말았다. 〈콜로이드 소노르〉의 연주가 끝나자 청중은 환호성을 지르는 사람과 심하게 야유하는 소리로 엇갈렸다.

윤이상은 현대음악의 새로운 표현 방법을 부단히 개발하고 시도해 나가는 탐험가였다. 이와는 달리, 낯선 연주 기법에 당황해 하는 연주자들은 자신만의 테두리만을 고집하는 우물 안 개구리와 같았다. 새로운 연주 기법을 터득하려는 노력도 하지 않고 불평만 쏟아내는 그들의 안이한 태도는 더욱 큰 문제가 아닐 수 없었다. 이런 일을 겪은 윤이상은 작곡을 할 때 될 수 있는 한 이전보다 더 쉽게 쓰려고 노력했다.

이 무렵 프라이부르크에 살고 있던 윤이상은 창작 활동에 정력적으로 몰두했다. 바이올린과 피아노를 위한 〈가사〉, 플루트와 피아노를 위한 〈가락〉, 관현악곡 〈바라〉 등을 이때 썼다. 〈바라〉는 베를린라디오방송국의 요청으로 쓴 곡이었다. 이 작품은 1962년 베를린에서 초연했는데, 발표되자마자 청중으로부터 엄청난 갈채를 받았다. 〈바라〉는 윤이상이 유럽에 와서 처음으로 쓴 대작이었다.

곡의 첫 소절은 고요한 절간에서 악귀를 쫓는 스님과 비구니들의 춤과 기도를 솔로 바이올린으로 표현했다. 이어서 관악기의 화음이 힘차게 솟구쳤다가 잦아들어 가는 모습은 마치 수묵화의 붓을 연상시켰다. 서양 음악이 직선으로 뻗어나가는 펜글씨라면 동양음악 혹은 한국음악의 원형은 농담(濃淡)을 자유자재로 구사하는 붓글씨와 같았다. 이것은 다성화음과 단음 화음 체계의 차이점을 이해하는 지름길이었다. 가느다란 붓으로 그린 선들이 모여 커다란 하모니를 완성하는 신비로운 곡이었다. 초연을 관람한 평론가는 이 작품을 '현대음악의 기념비'라고 표현할 정도였다. 이 곡은 연주회를 할 때마다 좋은 평가를 받았다.

비상하는 순간들

작품을 열심히 쓰고 방송 의뢰를 꾸준히 받으면서도 생활은 조금도 나아지지 않았다. 그때 윤이상에게 하나의 기회가 찾아왔다. 독일의 초콜릿회사 슈프렝가에서 거액의 상금을 내걸고 작품을 모집하고 있었던 것이다. 윤이상은 중국 고대 도시 낙양에서 이름을 딴 실내 합주곡을 하나 써서 여기에 응모했다. 4개의 목관악기, 2개의 관현악기, 4개의 타악기와 하프를 위한 〈뤄양〉이었다.

뤄양(洛陽)은 중국 허난성(河南省) 서부에 있는 도시로서 중국의 7대 고도(古都)의 하나로 꼽힌다. 시와 산문, 음악과 미술이 크게 발달하였기에 고대 중국 문화가 찬란하게 꽃피웠던 시대를 상징하기도 한다.

웬일인지 슈프렝가는 이 작품을 채택하지 않았다. 런던의 국제현대음악협회의 음악제와 베를린예술제에서도 보냈지만 모두 허사였다. 그러나 〈뤄양〉은 전혀 생각지도 못한 데서 빛을 발했다. 어느 날 지휘자 클라우스 베른바흐와 만난 윤이상이 작품을 보여주자 그가 반색했다.

"윤 선생님, 이 작품의 분위기가 참 좋군요. 제 음악 프로에 소개해도 괜찮겠습니까?"

이렇게 하여 1964년 1월 23일 하노버에서 클라우스 베른바흐의 지휘로 〈뤄양〉이 초연되었다. 1악장은 빠르게 휘몰아치는 음의 질주가 특징이었다. 2악장은 화려한 꾸밈음들이 끝없이 부풀어 올랐으며, 3악장에서는 지금까지의 모든 것들이 폭포수처럼 쏟아져 한 절정을 이루어냈다. 객석의 청중은 새롭고 강렬한 음의 세례를 받은 듯 장내가 우렁우렁 울리게 박수를 치고 환호했다.

다음 날, 〈뤄양〉에 관한 소식이 각종 권위 있는 음악 잡지와 신문 문화면을 커다랗게 장식했다.

"이날의 가장 인상 깊은 작품은 단연 〈뤄양〉이었다. 사람의 마음을 전달하는 탁월한 능력과 개성 넘치는 판타지가 특히 돋보였다. 고대 중국의 궁중음악에서 유래된 전통을 현대적인 음악 언어로 재현해낸 뛰어난 연주였다."

하인츠 요아힘이 《디 벨트》지에 쓴 비평문의 한 대목이었다. 음악가 볼프람 슈빙거도 이름난 음악 잡지인《하노버 룬트샤우》에 다음과 같은 최상의 찬사를 써놓았다.

"표현력과 예술적 형식이 절묘하게 일치하는 작품이다."

비평가들은 입을 모아 윤이상의 뛰어난 기량에 대해 칭송했다. 세 번이나 고배를 마셔야 했던 〈뤄양〉은 마침내 초연의 성공과 더불어 청중에게 큰 감동을 안겨주었다.

윤이상과 이수자는 프라이부르크에서 2년 동안 살면서 재독 동포들과도 자주 만났다. 독일에 유학 온 학생들이 대부분이었다. 윤이상은 겨울방학과 여름방학을 이용하여 이들과 함께하는 수련회를 열게 된 이후 모임 하나를 만들었다. 모임 이름은 일상생활에서 벗어나 방학 기간에 인격을 다진다는 의미로 '퇴수회'라 지었다.

1963년부터 한국인들이 독일로 몰려왔다. 그들은 광부와 간호사들이었다. 윤이상을 중심으로 서독 유학생들의 친목 모임의 성격으로 발전한 퇴수회는 몇 년 사이에 회원이 많이 늘어났다. 더구나 갑자기 늘어난 교포들이 퇴수회의 회원으로 들어오자 모임의 성격도 크게 바뀌었다. 연장자였던 윤이상은 자연스럽게 재독한인회의 회장을 맡았다.

베를린 등지에서 잦은 음악회와 세미나를 해야 했던 윤이상은 도심지인 쾰른의 방 두 칸짜리 서민 아파트로 이사했다. 쾰른으로 이사한 뒤 윤이상은 한국전쟁 때 북한으로 넘어간 친구인 최상한에 대한 얘기를 이수자에게 자주 했다.

당시 베를린은 동과 서로 나뉘어 있었지만 사람들은 두 도시를 자유롭게 오가고 있었다. 서독 사람들은 전차를 타고 물가가 싼 동베를린으로 장을 보러 다니곤 했다. 윤이상은 동베를린의 북한 대사관을 통하면 친구의 안부를 알 수 있지 않을까 하는 기대감이 생겼다.

다름슈타트 하기 강습회에 참가했을 때의 일이다. 윤이상은 그곳 교육대학의 학생식당에서 점심 식사를 하던 중 아르바이트로 음식을 날라다 주던 한 독일인 여학생과 우연히 대화를 나누었다. 동독에서 온 그 여학생은 북한에서 온 몇몇 학생과 친구로 지낸다는 말을 했다. 윤이상은 그 여학생에게 최상한의 소식을 알려달라고 부탁했다.

얼마 후, 그 여학생에게서 최상한의 소식을 들은 윤이상은 동베를린의 북한 대사관에 최상한의 편지를 받으러 갔다. 그러던 어느 겨울날 동베를린의 북한 대사관에서 최상한과 친구라는 대학 교수에게서 전화가 걸려 왔다.

"윤이상 선생님, 저는 최상한 선생과 잘 아는 사람입니다. 최 선생을 통해 윤 선생님 말씀은 많이 들었습니다. 최 선생도 윤 선생님을 몹시 만나고 싶어 하니, 괜찮으시면 친구분도 만나실 겸 평양을 한번 방문하는 게 어떠신지요?"

전화 통화를 끝낸 윤이상은 친구를 다시 만날 수 있다는 기쁨에 가슴이 벅차올랐다.

'평양에 간다면 친구도 볼 수 있고, 강서고분의 사신도도 볼 수 있지 않을까?'

옛 친구를 만남은 물론이고 강서고분의 사신도를 원형 그대로 직접 감상할 수 있다는 기대감에 마음이 설 다.

전쟁으로 형편없이 파괴되었을 북한의 실상도 궁금했다. 윤이상은 이수자의 동의를 얻어 북한을 방문하기로 결심했다. 고향 친구를 만나러 가는 데 그리 큰 문제가 생기지는 않을 것이란 믿음 때문이었다.

평양행

1963년 윤이상과 이수자는 평양 땅을 밟았다. 평양 역시 서울과 마찬가지로 폭격으로 부서진 집들과 잿더미가 된 건물들이 도처에 즐비했다. 새로 단장된 집과 거리 모습은 낯설었으나 북한 땅과 북녘 동포들을 두 눈으로 확인하는 것은 뜻깊은 일이었다.

북측에서는 친구를 만날 일정이나 강서대묘 관람에 대해서는 별다른 말을 해주지 않았다. 다만 일주일 동안 각종 기념관과 평양 시내 관광만 시켜줄 뿐이었다. 윤이상은 평양에 머무는 동안 마음을 달랠 겸 관현악곡인 〈영상〉의 작곡을 위한 구상에 온 정신을 쏟았다.

어느 이른 아침, 안내 요원이 차를 대기시켜놓고 윤이

상 부부에게 대뜸 강서대묘를 구경하러 가자고 했다. 윤이상은 기쁨으로 심장이 거칠게 뛰는 것을 애써 진정해야만 했다.

차가 들길을 지나자 아침볕이 막 퍼지기 시작했다. 강서대묘는 평안남도 강서군 강서면 삼묘리에 있었다. 강서대묘와 중묘, 소묘의 세 무덤이 함께 있어 3묘라고도 부르는데, 이 가운데 강서대묘가 가장 컸다. 고구려의 고분벽화 중에서 강서대묘의 벽화가 가장 웅대하고 빼어난 것으로 정평이 나 있었다.

드디어 강서대묘에 도착한 윤이상은 안내 요원을 따라 고분 안으로 들어갔다.

"강서대묘의 문은 보통 때는 닫아 놓지만, 윤 선생님께서 꼭 보고 싶어 하시니 이번에 특별히 열어드리는 겁니다."

천 년 넘게 보존된 신비의 공간, 그 속으로 들어가니 처음엔 어두컴컴하여 사물이 보이지 않았다. 차츰 네 벽의 윤곽이 보이고 본실의 네 방위를 지키는 사신도가 눈에 들어오기 시작했다.

무덤 벽화의 동서남북에는 각각 청룡과 백호, 주작과 현무가 있었다. 네 개의 방위를 나타내는 네 마리의 상상의 동물은 무덤 주인의 사후 세계를 지켜주는 도교적 성격의 방위신이었다. 사신도는 또한 우주를 지키는 수호신으로서의 의미를 지니고 있었다. 북방의 광활한 영토를 지배하고 있던 고구려인들의 호쾌한 기상과 뛰어난 예술적 안목이 집약된 고분벽화에서 사신도는 최상급의 위치를 차지하고 있었다.

거북을 휘감은 뱀의 유연한 곡선과 긴장감의 극치를 보여주는 현무, 새빨간 가슴날개를 펄럭이며 퉁방울눈을 부릅뜬 쌍뿔 청룡, 하얀 갈기를 휘날리며 힘차게 도약하는 백호, 강인한 날개와 치솟아 오른 꼬리로 화염을 일으킬 것 같은 주작 등 네 방위의 수호신들은 제각기 역동적인 모습으로 조화를 이루고 있었다. 천장 가운데의 덮개돌에는 황룡이 그려져 있어 사신도와 더불어 전체적인 통일성과 완성미를 더했다.

윤이상은 백호 그림 앞에서 발걸음을 멈추었다. 책상 앞에 붙여두고 아침저녁으로 쳐다보며 영감을 얻었던 바로 그 그림의 실물이 눈앞에 있다는 게 믿어지지 않았다.

평양에서 20여 일간 머무르다가 독일로 돌아가기 사흘 전에 상한이 숙소로 찾아왔다.

"반갑네, 친구."

13년 만의 감격스러운 만남인지라 윤이상은 두 팔을 벌리고 친구에게 다가갔다.

"반갑군."

최상한은 포옹하는 대신 손을 내밀었다. 악수를 나눈 그는 약간의 미소만 지을 뿐 서먹서먹한 표정으로 대뜸 질문을 던졌다.

"자네는 왜 여태 유럽에 머물고 있나?"

"나에게는 음악이 정말 중요한 일일세. 그건 자네도 알지 않은가? 유럽은 음악가가 활동하기에 좋은 곳이라네."

"자네의 음악은 부르주아들을 위한 무조 음악일세. 자본주의 사회의 지식인 나부랭이들을 위해 봉사하는 음악 말일세. 음악이란 모름지기 인민을 위한 것이어야 정당한 것일세. 자네의 음악은 자본주의 사회의 효과음에 지나지 않아."

최상한은 예전의 죽마고우가 아니었다. 도쿄에서 셋방을 구하기 위해 온종일 함께 다니던 옛날의 우정은 이제 추억 속에서만 확인할 수 있었다. 달리 할말이 없어진 윤이상은 최상한의 가족들에 대한 소식을 들려주었다.

"자네 아내와 아이들은 다 잘 있다네. 걱정하지 말게."

최상한은 품속에서 봉투 하나를 얼른 꺼내 윤이상의 손에 쥐여 주었다.

"이걸 내 아내에게 전해 주겠나? 아이들의 학비와 약간의 생활비일세."

최상한은 자신의 아이들이 독일로 유학 갈 수 있도록 도와달라고 부탁했다. 윤이상은 고개를 끄덕였다.

가족 상봉

　평양에서 다시 쾰른으로 돌아온 윤이상은 부지런히 작품을 써서 발표했다. 하지만 궁핍한 살림은 나아지지 않았다. 1964년 1월, 마흔일곱 살의 윤이상에게 미국 포드 재단의 장학금을 지원받을 수 있는 자격이 주어졌다. 집과 생활비 일체를 지원받는 행운이었다. 윤이상과 이수자는 베를린의 주택가인 슈마르겐도르프에 집을 얻은 뒤 두 아이에게 독일로 오라는 편지를 썼다.

　그해 7월경 꿈에도 보고 싶어 하던 딸 정과 아들 우경이 왔다.

　"어디 보자, 우리 딸 정아. 우경이도 많이 컸구나."

　윤이상은 베를린공항에 도착한 두 아이를 와락 끌어안

왔다. 8년 만에 만나는 자식들의 얼굴을 보자 말문이 막혔다.

"엄마, 아빠가 없어서 그동안 많이 힘들었지?"

"조금요."

부모와 오랜 세월 동안 떨어져 있었던 탓인지 아이들은 밝아 보이지 않았다. 아이들을 끌어안은 윤이상과 이수자의 눈에서 쉴 새 없이 눈물이 흘러내렸다. 아이들이 오니 모처럼 사람 사는 집처럼 활기를 띠었다. 하지만 이수자는 작곡을 할 때면 조그만 소리에도 민감하게 반응하는 남편의 창작을 방해하지 않기 위해 조심했다. 아이들도 엄마의 조심스러움을 본받아 발끝으로 걸으며 최대한 소음이 나지 않도록 노력했다.

윤이상은 이 무렵 서베를린음대 앞에 있는 보테 운트 보크 출판사와 작품 출판 계약을 체결했다. 이 출판사의 편집장인 쿠르트 라데케는 윤이상의 작품을 출간하기 위해 많은 노력을 기울였다.

가족이 함께 생활하게 되면서부터 윤이상은 온전한 평화를 느꼈고, 중요한 곡들을 연거푸 써 나갔다. 1964년엔 창작의 봇물이 터진 해라고 해도 과언이 아니었다. 관현악을 위한 〈유동〉, 대관현악을 위한 〈예악〉, 소프라노와 바리톤을 위한 오라토리움 〈오, 연꽃 속의 진주여!〉, 첼로와 피아노를 위한 〈노래〉 등이 이때 쏟아져 나왔다.

1964년 겨울, 우리나라는 서독에 광부 5천 명과 간호사 2천 명을 파견했다. 박정희 정부는 그들이 받을 3년 치 월급을 서독의 은행인 '코메르츠방크'에 강제로 예치시켰다. 박 정권은 이들의 월급을 담보로 지급 보증 문제를 해결함으로써 천문학적인 차관을 빌려 경제 개발에 박차를 가하고자 했다. 박 대통령은 이 문제를 매듭짓기 위해 서독을 방문하여 뤼브케 대통령과 회담을 마친 뒤 환영연에 참석했다.

저녁에 열린 환영연에서는 한스 첸더의 지휘로, 본 시립교향악단이 〈뤄양〉을 연주하였다. 음악회가 끝나자 뤼브케 대통령은 리셉선장 귀빈실에서 박정희 대통령에게 윤이상을 소개해 주었다.

"이분은 유럽에서 뛰어난 작곡 활동을 하고 있는 윤이상 선생이십니다."

박정희 대통령은 말없이 손만 내밀어 윤이상과 악수했다. 어둡고 차가운 인상이었다.

　이듬해에도 작품 의뢰와 강연은 거듭 이어졌다. 1막 4장으로 된 오페라 〈류퉁의 꿈〉은 9월 25일 베를린예술제에서 초연되어 호평을 받았다. 1966년에는 베를린 슈판다우의 슈타이거발트 가 13번지의 새 아파트로 둥지를 옮겼다.

　윤이상은 그해 6월 미국으로 건너가 다트마스음악제, 애스펜음악제 등에 참여했다. 샌프란시스코, 디트로이트, 뉴욕, 워싱턴 등에서도 강연과 연주회에 참여했다. 탱글우드음악제에서는 포스터의 지휘로 〈뤄양〉이 연주되어 호평을 받았다. 윤이상은 숨가쁜 일정을 소화한 다음 9월에 배를 타고 독일로 돌아왔다.

　10월 23일에는 도나우에싱겐음악제에서 대관현악을 위한 〈예악〉이 초연되었다. 에르네스트 부어가 지휘한 남서독방송교향악단의 연주로 발표된 〈예악〉은 윤이상의 독창적인 창작 방법인 '주요 음향 기법'에 의한 작품이었다. 주요 음들은 주요 음향들과 서로 맞물려 하나의 음향으로 어우러졌고 주요 음향은 주요 음과 비슷한 가치를 지니고 있었다.

"〈예악〉은 우리 동아시아의 작곡가들에게 있어서 언제나 그곳에 돌아가서 배워야 할 차원 높은 출발점이라고 말할 수 있는 걸작 중 하나다."

일본의 작곡가 니시무라 아키라는 1988년 9월 한 음악 잡지에 기고한 글에서 〈예악〉에 대한 최상급의 찬사를 바쳤다.

도나우에싱겐음악제는 현대음악가들로부터 꿈의 무대로 불릴 만큼 명성이 높은 음악 무대였다. 다름슈타트 국제현대음악제가 신인 음악가를 위한 등용문이라면 도나우에싱겐음악제는 기성 작곡가들이 꼭 서고 싶어 하는, 한 차원 더 높은 무대였다. 이 음악제에서의 성공으로 윤이상은 세계적인 음악가로서의 위상을 확고히 다졌다.

동백림사건

1967년 6월 17일 이른 아침, 윤이상은 낯선 사람으로부터 전화 한 통을 받았다.

"저는 박정희 대통령의 개인 비서입니다. 대통령께서 보내는 친서를 전달해야 하니 사보이호텔로 빨리 나와 주십시오."

낯선 남자는 연주회 일정 때문에 갈 수 없다는 윤이상의 말에도 아랑곳하지 않고 일방적으로 전화를 끊었다. 윤이상이 사보이호텔의 객실로 가자 방에는 전화로 불러낸 남자 말고도 어깨가 떡 벌어진 사내 두 명이 더 있었다.

"대통령의 친서는 어디 있습니까?"

"친서는 본의 한국 대사관에 있으니, 저랑 같이 가시지요."

"집에 가서 여권을 가져와야겠소. 사실 나는 오늘 연주
회 일정 때문에 곧장 킬 시로 가서 오페라 건에 대해 회의
를 해야 합니다. 그 후엔 암스테르담과 쾰른에 가서 레코
드를 취입하기로 약속되어 있소. 도저히 시간을 낼 수 없
는 처지입니다."

"여권은 필요 없습니다. 저희와 동행하시면 좋을 텐데
요."

남자는 거두절미하고 거듭 재촉했다.

"그렇다면 할 수 없군요."

윤이상은 이수자에게 전화를 걸어 행선지를 알려주었
다. 통화가 끝나자 남자는 호텔 객실 문을 연 뒤 성큼성
큼 걸어 나갔다. 호텔 밖에는 윤이상의 작은 폭스바겐이
있었고, 그 옆에는 큰 차가 있었다. 큰 차의 운전자는 루
르 지방의 광산 노동자였는데 평소 안면이 있는 사람이
었다.

남자는 윤이상을 여권 검사소로 데려갔다. 그들이 공항
직원들에게 몇 마디 건네자 순순히 길을 터 주었다. 평소

에 여권 없이는 통과시켜 주지 않는 직원들이 아무런 제
지도 하지 않는 게 이상했다. 본에 도착하자 한국 대사관
차가 주차돼 있었다.

"윤 선생님, 타십시오."

남자가 말했다. 함께 왔던 건장한 체격의 사내들은 어
느새 사라지고 안 보였다. 윤이상이 탄 차에는 또 다른 사
내들이 앉아 있었다. 그들의 인상은 좋지 않아 보였다. 본
의 한국 대사관에 도착한 뒤 윤이상은 점점 이상한 기분
이 들었다.

"최 대사는 어디 계시오?"

"곧 오실 겁니다."

남자는 짧게 말하고는 계단을 올라가 꼭대기의 비좁은
다락방에 윤이상을 밀어 넣은 뒤 문을 잠갔다. 윤이상이
닫힌 문에 대고 소리쳤다.

"이게 무슨 짓이오?"

"조용히 기다리면 대사가 올 겁니다."

등 뒤에서 낮고 굵은 목소리가 들렸다. 돌아보니, 아까
본의 공항에서 사라졌던 근육질의 사내 두 사람이 서 있

었다. 도깨비에 홀린 기분이었다. 심장과 폐가 좋지 않던 윤이상은 심호흡이라도 하고 싶어서 창가 쪽으로 다가갔다. 그러자 사내들이 윤이상을 막아섰다.

"그냥 그 자리에 서 계십시오."

윤이상은 뭔가 일이 크게 잘못되고 있다는 걸 눈치 챘다. 사내들은 라디오 볼륨을 최대한 키웠다. 좁은 방에 라디오 소리가 가득 찼다. 계속 들리는 라디오 소리는 귀뿐만 아니라 온몸을 뒤흔들어놓았다. 소음 고문이었다.

"라디오 좀 꺼 주시오."

사내들은 윤이상의 말을 들은 척도 하지 않고 볼륨을 더욱 키웠다. 시간이 조금 흐른 뒤 사내들이 음식을 주었다. 내키지 않았지만 억지로 먹었다. 어두워지자 사내들은 윤이상을 아래층으로 끌고 갔다. 책상 앞에는 다른 남자가 앉아 있었다. 윤이상이 그 남자를 향해 외쳤다.

"나를 어쩌려고 이러는 거요? 최 대사는 왜 안 보입니까? 나에게 준다는 편지는 어디 있소?"

"대사는 여기 없소. 지금부터 내가 묻는 말에 사실대로 대답하시오."

그 남자의 말을 들은 순간, 자신이 한국의 정보기관에 납치됐다는 것을 깨달았다. 남자는 곧바로 심문하기 시작했다.

"당신은 한국에 적대 행위를 한 적이 있나요?"

"그런 적 없소."

"공산주의자와 연락한 적이 있잖소?"

"동베를린에서 몇 사람과 연락한 적은 있습니다."

"그밖에 더 할 말 있습니까?"

"아니오. 하지만 1963년에 북한에 갔다 온 적은 있소."

남자가 눈을 번득이며 쳐다보더니 종이 한 장을 건네주면서 지금 했던 말을 쓰라고 말했다.

"최 대사에 대해 당신이 아는 대로 이야기해 보시오."

"그는 훌륭한 대사이며 반공주의자입니다. 양심적이고 충실한 국가 공무원이오."

"우리 생각은 좀 다릅니다."

남자는 사내들에게 지시하여 윤이상을 다락방으로 올려보냈다. 계단을 따라 올라간 지붕 아래의 방에서는 또다시 라디오의 소음이 고막을 자극했다. 귀청을 찢는 그

소리는 다음 날 오후까지 계속되었다. 밤이 되자 사내들은 윤이상을 아래층으로 데리고 갔다. 남자가 다시 책상에 앉아 심문을 했다.

"우리는 당신이 재독 한인회 회장이란 걸 알고 있소. 당신은 추호도 의심하지 않소. 다만 최 대사에게 의심 가는 점이 있소. 서울의 중앙정보부장께서 당신과 만나 얘기하고 싶어 하시니, 우리랑 같이 가야 되겠소. 하루만 지나면 당신은 다시 돌아올 수 있소."

"안 됩니다. 이미 말했듯이 내게는 음악회 일로 바쁜 일정이 있소."

"그래요? 그렇게는 안 될 걸."

남자는 사내들을 향하여 턱으로 윤이상을 끌고 가라는 지시를 했다. 사내들이 다가와 윤이상의 양쪽 겨드랑이를 끼고 다락방으로 데려갔다.

윤이상은 또다시 다락방에서 감금 생활을 해야 했다. 그곳에 있는 동안 제대로 얼굴을 씻지도 못했다. 그들은 윤이상에게 무언가 이상한 약물을 먹이며 라디오 소음 고문을 계속했다. 잠을 자지 못한 데다가 극도의 피로감과 불안 때문에 음식이 목으로 넘어가지도 않았다.

사흘째 되는 날 아침, 윤이상은 대사관에 상주하는 정보부 요원 앞으로 불려갔다.

"중앙정보부장은 당신한테서 한국인의 정치 활동에 대해 듣기를 원하고 있습니다."

자신이 중앙정보부 요원임을 밝히는 발언이었다.

"나는 아무런 할 말이 없소. 우선 아내에게 전화를 하게 해주오."

"좋소. 부인께는 이렇게 말하시오. 중요한 일로 스위스와 프랑스에 다녀온다고 말이오."

윤이상은 그들이 말하는 대로 아내에게 얘기해 주었다. 통화가 끝나자 사내들이 윤이상을 데리고 대사관 밖으로 나갔다. 윤이상은 약물 탓인지 순한 양처럼 그저 그들이 끌고 가는 대로 끌려갈 수밖에 없었다. 빛나는 눈으로 열정적인 대화를 나누던 모습은 온데간데없이 그저 무기력한 모습뿐이었다.

윤이상을 태운 차는 전속력으로 함부르크공항을 향해 달렸다.

"음악회 주최 측에 엽서라도 쓸 수 있도록 해주시오."

"달아날 생각은 하지 마시오. 우리는 독일 정보기관과 협정을 맺었소."

윤이상의 말에 앞좌석의 남자가 차갑게 대꾸했다. 차는 급행열차처럼 달릴 뿐이었다. 함부르크공항에는 한국 총영사와 일본항공 지점장이 나와서 정중하게 인사했다. 윤이상은 그들을 멍한 눈으로 쳐다본 뒤, 중앙정보부 요원들이 이끄는 대로 일본항공 비행기에 탑승했다. 윤이상이 탄 비행기 앞좌석은 텅 비어 있었다. 공항 직원들은 윤이상의 여권도 조사하지 않고 무사히 통과시켜 주었다.

함부르크를 떠난 비행기는 알래스카를 거쳐 도쿄에 도착했다. 한국 비행기로 갈아탈 때도 일본의 공항 관계자들은 아무런 제지도 하지 않았다. 비행기는 몇 시간 후 한국 땅에 착륙했다.

권총을 찬 군인들이 윤이상을 낡은 지프차에 태운 뒤 어디론가 끌고 갔다. 그곳은 남산에 있는 중앙정보부 본부였다. 밀폐된 작은 방으로 끌려간 윤이상은 심장에 이상을 느껴 차가운 마룻바닥에 눕고 말았다.

"이봐, 일어나!"

젊은 정보부원 한 사람이 윤이상의 등을 발길로 찼다.

"어이쿠."

윤이상은 고통스러워하면서도 몸을 가누지 못했다.

"내버려둬. 저놈은 심장병 환자야. 녹초가 된 게 안 보여?"

그들은 곧 윤이상을 본부 건물에서 조금 떨어진 다른 건물로 끌고 갔다. 낮은 단층 건물 앞으로 이제 막 도착한 버스 한 대가 멈춰 섰다. 버스에서 수십 명이 내리고 있었다. 권총을 허리춤에 찬 군인들이 사람들의 등을 거칠게 미는 게 보였다.

정보부 요원은 윤이상을 수많은 고문실 중의 한 방으로 밀어 넣었다. 그곳에는 조금 전까지 사람들을 고문하느라 피곤한 기색이 역력한 두 남자가 앉아 있었다. 하나는 송곳니가 튀어나왔고, 하나는 스포츠머리였다. 윤이상은 너무나 힘이 들어 책상 앞의 의자에 앉았다. 그때 두 남자 가운데 하나가 고함을 질렀다.

"뭐해? 의자에서 내려와!"

"나는 아픈 사람이오."

"바닥으로 내려와!"

송곳니 남자가 벌떡 일어서더니 의자를 밀어서 윤이상을 바닥에 떨어뜨렸다. 윤이상은 다시 의자에 앉아 항변했다.

"무엇 때문에 나에게 이러는 거요? 나를 인간으로 대해주시오."

"입 닥쳐! 바닥으로 내려와!"

그 남자는 윤이상을 발로 찼다. 윤이상은 바닥에 모로 쓰러졌다가 간신히 시멘트 바닥에 엉덩이를 붙이고 앉았다.

"나는 당신보다 나이가 더 많소. 대체 왜들 이러는 거요?"

"잔말 말고 무릎을 꿇으란 말이야!"

갑자기 의자에 앉아 있던 스포츠머리 남자가 일어서더니, 윤이상의 허리께를 발로 차고 무릎과 정강이를 밟아 뭉개면서 무릎을 꿇게 했다.

윤이상이 마구 짓밟히는 동안 다른 고문실 여기저기에서 사람을 주먹으로 때리고 발로 차는 둔탁한 소리가 연거푸 들려왔다. 그때마다 비명과 신음이 주기적으로 들려왔다. 스포츠머리 남자는 윤이상을 차고 때리며 씩씩대더니 동료에게 푸념을 늘어놓았다.

"어휴, 지치는군. 벌써 수십 명을 데리고 똑같은 말을 물어야 하니……. 대관절 오늘은 왜 이렇게 늦은 시간까지 일해야 하는 거야?"

"누가 아니래? 아침에 마누라가 쌀이 떨어졌다고 바가지를 긁어대면서, 오늘 집에 빨리 오라고 했는데 나가지도 못하고 말야."

송곳니 남자의 말에 스포츠머리 남자가 맞장구를 쳤다. 푸념을 늘어놓던 그들은 또다시 윤이상을 발로 차고 때렸다.

"네가 저지른 죄들을 빠짐없이 써 봐."

송곳니 남자가 윤이상에게 종이 한 장을 내밀며 명령했다. 윤이상은 그가 쓰라는 것을 다 쓴 뒤 종이를 돌려줬다. 그는 새로운 종이를 주면서 또 쓰라고 강요했다. 이렇게 다섯 번이나 했으나 번번이 똑같은 짓을 또 시켰다. 지친 윤이상이 고문자들에게 말했다.

"나는 더 이상 쓸 게 없소."

"너는 북조선의 간첩이야. 너는 공산주의자이자 노동당 당원이야. 그걸 쓰란 말이야."

"모두 거짓말이오. 나는 단지 음악가일 뿐이오."

그때, 고문실 문이 벌컥 열리더니 군복 차림의 다른 남자가 각목을 들고 들어왔다. 그는 모서리가 뾰족하고 두꺼운 각목으로 윤이상의 엉덩이와 허벅지를 마구 때렸다.

"으윽."

윤이상은 비명을 지르다가 쓰러지고 말았다. 6월의 후텁지근한 밤에 시작된 매타작은 한밤중까지 계속됐다. 자정이 넘어가자 세 명의 사내들은 윤이상을 지상에서 1미터 정도 되는 높이의 통나무에 매달았다. 그들은 윤이상의 팔다리를 둥글고 긴 나무에 묶어 얼굴에 젖은 천을 씌웠다. 스포츠머리가 물을 가득 채운 주전자를 기울여 천 위에 부었다. 천이 입과 코에 달라붙어 숨을 쉬기가 어려웠다. 윤이상은 몇 번이나 정신을 잃었다.

그들은 윤이상의 결박을 풀어 바닥에 눕혔다. 그런 다음 의사를 불러 주사를 놓게 했다. 윤이상이 깨어나면 다시 달아매어 물고문을 계속했다. 어린 시절, 통영의 어른들이 송아지나 돼지를 잡던 모습 그대로 자신이 통나무에 매달린 게 어처구니가 없었다. 주사를 일곱 번 정도 맞은 뒤였을까. 고문자들은 윤이상을 잠시 쉬게 했다. 윤이상은 물고문으로 흠뻑 젖은 옷을 모두 벗어 한쪽 구석에 밀쳐놓고는 알몸인 상태로 누워 버렸다. 간신히 숨을 헐떡이며 쉬고 있었으나 몸은 녹초가 되었다. 의식은 희미하게 꺼져만 갔다.

물고문은 새벽을 넘겨서야 끝났다. 그들은 몇 시간이 지나자 또다시 윤이상을 각목으로 때리고 협박을 하면서 종이를 주었다. 자술서를 쓰면 마음에 안 든다며 다시 쓰라는 일이 반복되었다. 그때마다 구타를 동반했다.

고통에 겨워 이를 악물 때, 바로 옆방에서 누군가의 비명이 들렸다.

"아아악! 나는 공산주의자가 아니오."

모진 고문 때문에 어금니를 꽉 깨물며 질러대는 소리

같았다. 그는 비명을 지르면서 누군가의 질문에 답변을 했다. 분명히 최덕신 대사의 목소리였다. 한밤중에 다른 사람의 비명을 듣는 일은 끔찍했다.

방 하나를 사이에 두고 고문자들이 협박하는 소리, 비명, 자술서를 쓰라고 강요하는 소리, 각목으로 어딘가를 마구 때리는 소리들이 뒤엉켜 들려오기 시작했다. 그것은 중앙정보부가 흔히 쓰는 이중고문 방법이었다. 가까운 거리에서 동료들이 거짓 자백을 강요당할 때 심리적으로 더욱 위축되게 마련이었다. 이런 심리 상태가 되면 고문자들이 원하는 대로 자술서를 쓸 수밖에 없었다. 고도의 심리술을 동반한 고문이라니, 생각할수록 치가 떨렸다.

며칠 동안 고문에 시달렸던 윤이상은 몸과 마음이 만신창이가 되었다. 더는 버틸 힘이 없었다. 더는 버틸 힘이 없으니 항복하는 일만 남았다. 군복 입은 남자들이 시키는 대로 받아 적었다. 윤이상은 이제 고문하는 자의 의도대로 꼼짝없이 죄를 뒤집어쓰고 말았다.

'나는 북한에 봉사하는 공산주의자다.'

낡은 나무 책상 앞에서 윤이상이 자술서를 쓰는 동안 고문자들은 승리에 도취한 야수의 표정을 지었다. 자술서를 읽은 군복 차림의 사내가 으름장을 놓으며 한 가지를 추가했다.

"최덕신이가 정부를 타도하려는 목적을 갖고 있었다고 써!"

"그건 안 될 말이오. 쓰지 않겠소."

"뭐라고? 고집불통이군."

군복 차림의 사내는 윤이상을 협박하여 최 대사에 대한 거짓 진술을 더 쓰라고 여러 차례 강요했다. 윤이상은 그 대목에 대해서만큼은 끝까지 굴복하지 않았다. 군복 차림의 사내들은 고개를 절레절레 흔들더니 자술서를 들고 방을 나갔다. 상부에 보고하기 위해서였다. 고문자들이 방을 비운 잠깐의 시간이 영원처럼 길게 여겨졌다.

윤이상은 일제강점기에 자신의 영혼과 육신을 민족이라는 제단에 바치기를 열망해왔다. 그러나 이제 그러한 열렬한 희망은 추악한 정치 공작에 의해 송두리째 무너지고 말았다.

'차라리 죽자. 죽어서 이 누명이 벗겨질 수만 있다면……'

윤이상은 책상 위에 있는 묵직한 재떨이를 집어 자신의 뒤통수를 내리쳤다. 머리가 통째로 뒤흔들릴 만큼 충격이 컸다. 두 번 더 내려쳤더니 뒤통수에서 피가 흥건히 흘러내렸다. 정신을 놓기 전에 손가락으로 피를 찍어 벽에 유서를 썼다.

"최덕신 씨는 공산주의자가 아니다. 나의 아이들아, 나는 간첩이 아니다."

윤이상은 눈앞이 가물가물해지면서 쓰러졌다. 얼마나 지났을까. 깨어나 보니, 수술대 위에 누워 있는 자신을 발견했다. 머리엔 붕대가 감겨 있었다. 어디선가 웅성거리는 소리가 들려왔다.

'구경꾼들이 몰려오는 건가? 밖에 나를 죽이기 위해 사형대가 마련됐나 보군. 그놈들이 사형을 집행하기 전에 내가 먼저 목숨을 끊어야지.'

윤이상은 자신을 곧 사형시키려는 줄로 알고 수술대 위에 놓인 가위를 찾았다. 그때 의사가 방문을 열고 들어오며 소리쳤다.

"조심하세요!"

의사가 얼른 가위를 빼앗았다. 윤이상이 누워 있는 곳은 동대문구 이문동에 있는 중앙정보부 대공분실 부근의 병원 침대였다. 병원 뒤편에 시장이 있어 와자지껄한 소리들이 들려왔다. 그것을 자신의 사형 집행을 구경하기 위해 사람들이 몰려오는 것으로 착각했던 것이다.

의사는 윤이상의 뒷머리에 난 상처를 치료하기 위해 머리털을 밀었다. 상처 치료를 끝낸 뒤에는 붕대로 칭칭 동여맸다. 치욕스럽게 죽느니 명예로운 자살을 택했지만, 뜻대로 되지 않았다. 극적으로 되살아났지만 자신은 포로로 잡힌 몸이었다. 병원 침대 머리맡에서는 중앙정보부 요원 세 사람이 하루 삼교대로 불침번을 서면서 윤이상의 행동을 감시했다.

상처 치료를 끝낸 윤이상의 몸은 조금 회복되었다. 정보부 요원들은 그를 독방에 감금했다. 한 평도 채 안 되는 독방에서는 책과 볼펜, 종이 등 어떤 것도 가지고 들어갈 수 없었다. 아무도 면회할 수 없었다. 편지를 쓰거나 받을 수도 없었다. 운동 시간은 고작 15분 동안 주어졌다. 그나마 독방에 갇힌 죄수들에게는 5분만 허락되었다. 운동 시간이 주어지긴 했지만, 복도를 걸어 나가 마당에 있는 시간은 고작해야 1분밖에 안 됐다.

6월의 하늘은 한없이 맑고 푸르렀다. 유학 간 지 11년 만에 꿈에도 그리던 조국에 돌아왔지만, 자신이 원하던 모습은 결코 아니었다. 푸른 죄수복을 입고 형편없이 구겨진 몰골로 독방에 갇힌 처지가 너무나 낯설었다. 마당에 햇볕을 쬐러 나온 정치범들은 서로의 안부를 묻거나 위로했다. 새로 들어온 형사범들은 바깥세상의 소식을 끊임없이 물어 날랐다. 국내는 물론이고 해외에서 대거 납치되어 온 사람의 숫자가 1백50명이 넘는다고 했다. 이것은 어마어마한 정치적 음모였다.

그 무렵, 서독에서는 한국의 중앙정보부가 국제법을 어기고 해외 동포들을 쥐도 새도 모르게 서울로 납치해 간 사건이 신문에 보도되기 시작했다. 독일 정부는 비로소 한국 정부에 이 사실에 대해 항의했다.

1967년 6월 20일, 중앙정보부는 이수자를 윤이상과 비숫한 수법으로 납치해 서울로 압송했다. 이수자는 무장한 군인의 감시를 받으며 낡은 지프차에 실려 중앙정보부 건물로 끌려갔다.

남산 중앙정보부에는 많은 사람이 세계 여러 나라에서 끌려와 있었다. 그 숫자가 자그마치 2백 명 가까이 된다는 말에 이수자는 속으로 혀를 내둘렀다. 수사관이 종이와 볼펜을 가지고 오더니 자술서를 쓰라고 했다.

"뭘 써야 하지요?"

"북조선과 접선한 사실을 쓰시오. 공작금 받은 사실도 쓰고."

"접선이나 공작금이 다 뭐예요? 하지도 않은 그런 일에 대해서는 쓰지 못하겠어요."

"법적인 용어일 뿐이니 너무 겁먹지 말고 쓰라는 대로 쓰세요. 빨리 조서를 꾸며서 상부에 제출해야 닷새 안에 독일로 돌아갈 수 있어요."

수사관의 말이 너무 엄청나고 기가 막혔지만 불러주는 대로 쓰고 말았다. 빨리 돌아가서 아이들의 뒷바라지를 할 생각뿐이었다. 심장과 폐가 좋지 않은 남편이 하루빨리 감옥에서 나올 수 있도록 하기 위해 자신이 모든 죄를 뒤집어쓸 각오를 했다.

"남편은 아무 죄가 없어요. 북한에 다녀올 수 있도록 남편을 설득한 사람은 접니다. 죄가 있다면 모두 저에게 있어요."

"허, 이 아주머니가 큰일 날 소리 하고 있네. 공모죄까지 짊어지고 싶소?"

이수자는 법에 대해서는 하나도 모르고 있었다. 이미 모든 것을 파악하고 있었던 수사관은 이수자에게 심한 말을 하지는 않았다.

"내일 남편을 만나게 해줄 테니 절대로 울지 않겠다고 약속해 주세요."

"약속할게요."

조사가 끝난 뒤, 이수자는 서대문형무소의 독방에 수감되었다. 이수자는 여자 교도관이 시키는 대로 독방 입구의 시멘트 바닥에 아무렇게나 널려 있는 빛바랜 수의를 걸쳤다. 해진 고무신도 대강 주위 신었다.

'철크렁'

교도관이 독방 문을 잠그는 소리가 감옥 안을 울렸다. 한여름인데도 나무 바닥이 서늘했다. 바닥엔 검정색 물이 다 빠져 회색빛으로 변한 이불이 있었다. 그 위로 작고 오물거리는 흰 물체가 기어다녔다. 이였다. 잠 잘 생각을 포기한 이수자는 밤새 이를 잡았다.

다음 날 아침, 수사관은 약속대로 이수자를 남산으로 데리고 갔다. 한참 기다렸더니 머리에는 온통 붕대가 휘감겨 있고 얼굴은 부어오른 남편이 나타났다.

"아니, 당신⋯⋯."

윤이상은 죄수복 차림으로 찾아온 아내를 보고 놀랐다. 이수자는 머리에 붕대를 휘감고 나타난 남편을 보고 그 자리에서 얼어붙어 버렸다. 두 사람은 너무 슬퍼서 한동안 말을 잇지 못했다.

하루가 1년처럼 길게 여겨진다는 감옥 독방에서의 시간도 서서히 흘러갔다. 여름이 지나고 어느덧 9월이 되었다. 손꼽아 헤아려 보니 며칠만 있으면 남편의 생일이었다.

이수자는 변호사에게 남편과의 면회를 요청했다. 다음

날, 변호사는 두 사람의 면회가 허락되었다고 알려주었다. 남편에게 생일 선물을 하고 싶었지만 감옥에 갇힌 자신이 해줄 수 있는 게 아무것도 없어 마음이 아팠다. 독방으로 돌아온 이수자는 마룻바닥에 앉아 자신의 머리칼을 한 올 한 올 뽑아냈다. 여러 가닥의 머리칼에 풀을 먹인 뒤 장미꽃 모양으로 만든 다음 종이에 곱게 쌌다. 이수자는 관제엽서에 정성껏 편지를 썼다.

"오늘 당신의 50세 생일을 맞아 제 머리카락을 엮어서 흑장미를 만들어 보았어요. 부디 건강하게 지내세요. 밝은 빛이 반드시 당신을 비출 것입니다. 1967년 9월 17일, 서대문형무소에서 당신의 자야."

면회는 취소되었다. 이수자는 하는 수 없이 변호사를 통해 자신의 영혼이 깃든 선물을 남편에게 전달했다. 편지와 함께 머리카락으로 만든 한 송이 꽃을 받아 든 윤이상은 아내의 갸륵한 정성에 목이 메었다. 무엇으로도 바꿀 수 없는 소중하고 귀한 선물이었다. 그것은 이 세상의 어떤 값비싼 금은보화로도 살 수 없는 아내의 사랑이었다.

'요주의 인물. 1미터 떨어져서 큰 소리로 말할 것'

이수자가 수감된 독방 문 앞에 붙은 경고문이다. 이와 같은 경고문은 윤이상의 독방 문 앞에도 똑같이 붙어 있었다. 겨울이 되자 맹추위가 찾아왔다. 창문에 덧댄 비닐은 찢어져서 너덜거렸고 그 사이로 날카로운 바람이 불어왔다.

국제적인 석방 운동

몸은 비록 감옥에 갇혀 있었지만 윤이상의 머릿속에 출렁이는 음표들은 단 한순간도 사라지지 않았다. 하루하루가 지옥이었으나 몸속 가득 차오르는 가락과 악상을 적어놓지 않고서는 견딜 수가 없을 것 같았다. 윤이상에게 작곡은 호흡과 마찬가지였다. 인간이 날숨과 들숨을 정지하면 죽듯이 영혼의 호흡인 작곡을 멈춘다면 그것은 곧 죽음이었다.

윤이상은 교도소 당국에 작곡을 하게 해달라고 여러 차례 요청했으나 번번이 거절당했다. 두 달을 끌어오던 당국은 8월에야 작곡을 허락해 주었다. 하지만 윤이상에게는 악보 용지와 연필, 지우개가 없었기에 아무것도 할 수 없었다. 교도관은 윤이상이 독일에서 쓰던 악보 용지와 필기구 일체를 독일의 음악출판사를 통해 가져와도 된다고 허락했다. 필기도구는 가을이 되어서야 윤이상에게 전달되었다.

작곡을 하기에 앞서 납치와 고문을 당하면서 천 갈래, 만 갈래로 찢긴 마음을 다독여야 했다. 예전에 해놓은 구상을 다시 떠올리고 복원하기란 여간 힘든 게 아니었다. 그러나 막상 자신이 펼쳐놓은 정밀한 음의 세계에 발을 디디게 되면 고통을 잊을 수 있었다.

서대문형무소의 겨울 날씨는 매서웠다. 차가운 겨울바람이 감옥 철문을 크렁크렁 울리면서 옷 속을 날카롭게 헤집고 들어왔다. 연필을 잡은 손은 금세 곱아 펴지지 않았다. 한쪽에 치워진 물그릇은 꽁꽁 얼어 있었다. 두세 소절을 쓴 다음엔 손가락에 입김을 후후 불어 녹여 가며 써야 했다.

윤이상이 쓰고 있는 악보는 희극 오페라 〈나비의 꿈〉이었다. 중국의 시인 마치원의 시에 곡을 붙인 이 오페라는 일종의 은유를 담고 있었다. 하룻밤 사이에 어마어마한 간첩단 사건을 조작해 내는 독재정권의 허위를 고발한 상징적 제목이었다.

차가운 마룻바닥에 악보를 펼쳐놓고 연필로 악상을 그려 나가는 일은 참으로 힘들었다. 한참 작곡에 몰두하고 나면 온몸이 부어오르곤 했다. 귓불을 예리한 면도칼로 도려내는 듯한 칼바람이 불어와 극심한 한기를 느끼곤 했다. 심장병 때문에 어지럼증을 자주 느꼈다. 온몸이 무너져 내리는 듯한 우울한 기분에 사로잡히기도 했다. 견디기가 몹시 힘들면 벽에 기대어 숨을 골라야 했다. 깊이 들이마신 숨을 천천히 내쉬며 분노를 삭여 나갔다. 그러나 악보를 그리고 있는 동안만큼은 오묘한 가락들과 만날 수 있었다.

독일에 있을 때 잡아놓은 구상을 간신히 떠올렸을 때의 기쁨은 표현하기 힘든 것이었다. 음표 속에서 장자 철학의 깊은 맛을 느끼게 하는 가락과 화음을 살려냈다. 각 성부의 높낮이에 따른 주인공들의 성격을 오케스트라 반주와 아리아를 통해 나타냈다. 이 같은 작업을 섬세하고 꼼

꼼하게 진행하느라 허리와 무릎에 극심한 통증이 와도 모를 정도였다.

어릴 적 통영의 밤바다를 떠올려보았다. 온 세상에 가득 차서 흘러 다니는 음표들을 눈으로 보고 귀로 듣는 것은 황홀한 체험이었다. 작곡가는 그저 온 우주에 존재하는 음악을 건져오는 것이라는 생각에는 변함이 없었다. 밤마다 악몽에 시달리는 감방 안에도 음악은 떠다녔다. 시시때때로 온몸이 부서지는 고문의 기억은 세포 하나하나를 갈기갈기 찢을 만큼 예리했다. 정작 두려운 것은 자신이 해야 할 일을 미처 다 끝내지 못하고 이대로 영원히 사라질지도 모른다는 불안감이었다.

1967년 12월 13일에 제1심 선고공판이 열렸다. 윤이상은 무기징역을 선고받았다. 검찰은 동백림사건으로 재판정에 나온 피고인들 34명 전원에게 국가보안법, 반공법, 형법(간첩죄), 외국환관리법 등을 적용하여 유죄로 판결했다. 이수자는 징역 5년형에 집행유예 3년형을 받아 풀려났다. 윤이상은 판결이 끝난 후 만난 아내 이수자를 물끄러미 쳐다보며 부드럽게 말했다.

"당신이 풀려난 게 무엇보다 다행이오. 나도 같이 풀려나 우리가 살던 곳으로 갈 수만 있다면 얼마나 좋을까?"

윤이상은 희미한 미소를 지으며 말했다. 며칠 뒤, 해외의 예술인들은 한국 정부에 윤이상을 석방하라며 거세게 항의했다. 국제적인 명성을 가진 음악가와 예술인들의 진정서가 재판부에 속속 도착되었다. 변호사를 통해 이 사실을 알게 된 윤이상은 연필을 쥔 손에 힘을 주었다. 새로운 희망이 다가오고 있었다.

해를 넘기면서도 작곡은 계속되었다. 때때로 심장 발작을 일으켜 찬 마룻방에 쓰러진 일도 여러 번 있었다. 하지만 윤이상은 꿋꿋하게 한 소절 한 소절씩 그려 나갔다. 악보를 그릴 때면 어릴 적 밤바다를 떠돌던 온갖 형태의 가락과 음표들과 만날 수 있었다. 그것은 어느 곳에도 매인 바 없는 자유였다. 악보를 한 마디씩 완성해 갈 때만큼은 자신의 내면에 떠오르는 음악을 들을 수 있었다. 죽음의 그림자가 다가오는 것을 느끼면서도 악보를 쓸 때만큼은 행복감을 느꼈다.

1968년 2월 5일, 마침내 〈나비의 꿈〉을 완성했다. 뼛속까지 파고드는 겨울 추위와 싸우며 악보를 그리던 윤이상은 기어이 쓰러지고 말았다. 오페라 총보를 완성하기 위해 혼신의 힘을 다 쏟아부은 까닭이었다. 지치고 쇠약해진 데다 당뇨병까지 겹친 그는 급히 서울대학병원으로 옮겨졌다. 이수자는 서울 언니네 집에 머물며 병원을 오가면서 윤이상의 병수발을 했다.

1968년 3월 13일 열린 제2심 공판에서 윤이상은 15년 형으로 감형되었다. 세상을 떠들썩하게 했던 간첩죄 같은 건 슬그머니 사라지고 단순히 북한을 방문했다는 혐의만 적용됐다. 근거 없이 조작된 용공 사건의 전형적인 결말이었다.

윤이상이 작곡한 〈나비의 꿈〉의 악보는 중앙정보부 요원이 가져가 검열했다. 그들은 지난해 가을 독일의 출판사에서 윤이상에게 전달한 연필과 악보 용지도 검열한 바 있었다. 정보부 요원들은 의심스러운 점이 있는지 철저히 확인한 후에 되돌려주었다.

1968년 10월 초순경, 4개월 반 동안 윤이상의 병간호에 매달렸던 이수자는 독일로 떠났다. 두고 온 두 아이를 돌봐야 했기 때문이었다. 병원에서 작별할 때 윤이상은 이수자를 향해 두 팔을 높이 들어 흔들어 주었다. 악보를 챙긴 뒤 택시를 타고 떠나는 이수자의 볼에 뜨거운 눈물이 흘러내렸다. 두 달 후인 12월 5일 열린 제3심 공판에서 윤이상의 형량은 10년형으로 감형되었다. 그동안 유럽과 미주 지역의 저명한 예술인들이 보낸 호소문과 탄원서 등이 큰 영향력을 발휘한 덕분이었다.

윤이상의 음악에 대한 투혼은 병상에서도 치열했다. 중앙정보부 요원들의 감시를 받으면서도 작곡을 계속하여 실내악곡 〈율〉과 〈영상〉을 잇따라 썼다. 플루트, 오보에, 바이올린, 첼로를 위한 〈영상〉은 강서대묘의 사신도를 감상한 뒤 북한에서 구상했던 곡이었다.

그해 11월 25일 완성한 〈영상〉에서 첼로는 백호를, 플루트는 현무를, 오보에는 청룡을, 바이올린은 주작을 각각 표현했다. 네 개의 악기는 네 방위를 상징하는 수호 동물을 표상했다. 그것은 따로 떨어진 개체가 아니었다. 하나로 통일된 유기체임을 음악 언어 속에 녹여냈다. 네 개의 악기에 네 마리의 상상 속 동물의 역할을 부여해 만든

이 작품에서는 윤이상의 독보적인 '주요음'의 개념이 잘 살아나 있었다.

이듬해 겨울, 오페라 〈나비의 꿈〉은 윤이상의 뜻에 따라 〈나비의 미망인〉으로 제목이 바뀌었고, 마침내 독일 무대에 올려졌다. 〈류퉁의 꿈〉과 함께 꿈을 주제로 한 이중 오페라로 상연된 〈나비의 미망인〉은 1969년 2월 23일 독일 뉘른베르크 오페라극장에서 한스 기어스터의 지휘로 초연되었다. 오페라극장에는 아내인 이수자도 와 있었다.

공연이 시작되자, 선명한 형태와 빛깔을 띤 나비들이 무대 위에서 군무를 하는 동안 장중한 합창이 울려 퍼졌다.

백 년 세월은 한 마리 나비의 꿈과 같아라.
지난 일 돌아보니 덧없구나, 세상이여.
오늘 봄이 오면 내일은 벌써 꽃이 지네.
벗이여, 술잔을 드세. 저 등불이 꺼지기 전에.

도입부에서는 신기루처럼 피어오르는 꿈의 음악이 들려왔다. 그다음에는 노자와 장자의 대화가 낭송조의 레치타티보로 이중창을 엮어나갔다. 남편 무덤의 흙에 부채질하는 젊은 미망인의 서정적인 노래가 이어진 뒤 장자가 마술로 바람을 일으키자 청중은 폭소를 터뜨렸다.

　죽었던 장자가 살아나고 미망인과 왕자가 두려워 도망치는 대목에서는 오페라가 절정으로 치달았다. 장자는 끝내 나비의 자유로움을 얻은 뒤 세상의 굴레를 벗고 하늘하늘 춤을 추며 꿈의 세계로 날아갔다. 장자의 노래는 나비들의 합창에 휩싸인 가운데 아득히 사라져갔다.

　공연은 대성공이었다. 모든 배역의 노래와 연기력이 뛰어났다. 무대 장치도 나무랄 데 없이 매끄러웠다. 박수와 환호성이 오페라극장을 진동했다.

　"브라보!"

　지휘자, 연출가가 무대에 나타나자 모두 더 큰 박수와 환호를 보냈다. 청중은 손바닥이 아픈 것도 잊고 무려 31번의 커튼콜을 보냈다. 그럴 때마다 지휘자는 무대에 불려나가 청중에게 감사의 인사를 올려야 했다.

영광의 주인공인 윤이상이 자리에 없어서 모두 아쉬워했다. 슬프고 안타까운 마음을 잠시 추스른 관객들은 또다시 박수와 '브라보'를 연발했다. 장내는 온통 흥분의 도가니였다.

"현대 오페라의 갈 길을 윤이상의 오페라가 열어주었다."

비평가들은 입을 모아 대성공을 거둔 오페라 초연에 대해 칭찬을 아끼지 않았다. 사람들은 만나기만 하면 음식점이든 커피숍이든 가릴 것 없이 즐거운 마음으로 공연에 대한 이야기꽃을 피웠다.

윤이상을 석방하라는 국제적인 압력은 더욱 높아만 갔다. 제2심 공판이 있고 나서 두 달 후인 5월, 서독 함부르크 자유예술원은 윤이상을 정식 회원으로 선임했다. 예술원 회장인 빌헬름 말러는 박 대통령에게 호소문을 썼다. 여기에는 헤르베르트 폰 카라얀, 한스 베르너 헨체, 카를하인츠 슈토크하우젠, 롤프 리베르만, 에르네스크 크셰네크, 볼프강 포르트너, 마우리치오 카겔, 얼 브라운, 게오르기 리게티, 스트라빈스키와 엘리어트 카터 등 국제적으로 명성이 높은 181명의 음악가가 서명했다.

"대통령 각하, 윤이상 선생은 매우 뛰어난 음악가입니다. 그는 유럽뿐만 아니라 전 세계에서 우수한 작곡가로 인정받고 있습니다. 그는 항상 한국 음악의 뛰어난 전통을 서양 음악의 한 흐름과 이어주는 것을 최고의 가치로 삼고 있습니다. 그분의 작품과 인격자로서의 모습은 한국의 문화와 예술을 해외에 알리는 귀중한 전달자로서의 위상을 지니고 있습니다. 국제 음악계에는 윤 선생이 필요합니다. 부디, 윤이상 선생에게 하루빨리 자유를 주시길 바랍니다."

이 호소문은 각 신문의 1면에 대문짝만하게 실려 독일 전역에서 커다란 화제를 불러일으켰다. 박 정권은 저명한 해외 예술인들의 압력을 의식하지 않을 수 없었다. 작곡가 볼프강 슈테펜, 서독 방송국의 드뤼크 박사, 변호사 하인리히 하노버 등 윤이상의 독일 친구들도 석방을 위해 노고를 아끼지 않았다.

"윤이상 선생은 공산주의자가 아닙니다."

"윤이상 선생은 세계 음악계에서 가장 중요한 작곡가입

니다. 우리는 그의 작품을 통해 한국의 음악 세계와 문화를 알았습니다."

"세계 문화계에는 윤이상 선생이 필요합니다. 그를 풀어주십시오."

지휘자 프랜시스 트래비스는 절친한 친구 윤이상의 석방 운동을 벌이면서 머리가 온통 하얗게 세 버렸다. 세계적인 명성을 지닌 음악가들과 문화예술인들이 항의문과 전보, 탄원서와 진정서와 함께 절절한 내용의 호소문을 보냈다. 전 세계에서 날아든 문서들이 한국의 법원과 팬클럽에 전달되었다. 해외 유명 예술인들과 유럽 국가들의 석방 압력이 해일처럼 덮쳐오자 박 정권은 더 이상 버틸 재간이 없었다.

이와 때를 같이 하여 서독 정부가 중대 발표를 했다.

"윤이상 선생은 여권도 소지하지 않은 상태에서 한국의 중앙정보부 요원에게 납치됐습니다. 그가 서울의 감옥에서 지독한 고문을 받았다는 것을 우리는 알고 있습니다. 만약 윤 선생을 조속히 석방하지 않는다면 독일 정부는 한국에 차관을 제공하는 것을 중지할 것입니다."

이 발표가 나자 유럽이 술렁거렸다. 가장 놀란 것은 한국 정부였다. 5억 마르크라는 천문학적인 차관이 중단된다면 박 정권에는 큰 타격이 될 터였다. 국제사회의 노력 덕분에 1969년 2월 25일 윤이상은 대통령 특사로 석방되었다. 완전한 무죄 석방을 바랐던 윤이상은 이 결정이 만족스럽진 않았으나 어쩔 수 없었다.

윤이상은 풀려나기 전에 중앙정보부장 김형욱을 만나야 했다.

"여기서 있었던 일을 함부로 발설하지 마시오. 내 말을 어기면 신상에 좋을 게 없을 거요. 적들을 처치하는 방법은 내게 많이 있으니까. 알겠소?"

그는 굵은 글씨가 쓰인 종이에 서명하라고 했다. 거기엔 절대로 납치 사실을 언급하지 말 것, 재판에 관해 자세히 언급하지 말 것, 한국에 대하여 부정적으로 말하지 말 것 등 세 가지 항목의 주의 사항이 적혀 있었다. 그는 험악한 표정으로 거듭 협박했다.

"만약 이 사항들을 지키지 않는다면 한국의 당신 친척들이 위험에 처할 것이오."

면담을 끝내고 사무실 계단을 내려가던 윤이상의 등에서는 식은땀이 났다.

1969년 3월, 윤이상은 납치된 지 1년 8개월 만에 서울을 떠났다. 베를린의 템펠호프공항에 도착한 뒤 꿈에도 그리던 가족들과 다시 만났다. 그 자리에는 귄터 프로이덴베르크, 게르트 짜허 등 절친한 친구들과 신문과 TV의 기자들도 나와서 그를 반갑게 맞아주었다.

"여보, 그동안 고생 많았지? 정아, 우경아. 너희도 많이 힘들었지?"

"당신, 돌아오셨군요!"

"아버지!"

윤이상은 아내와 아이들을 포옹하며 한동안 그대로 서 있었다. 기자들이 소감을 이야기하라고 권했다. 윤이상은 김형욱이 협박하던 모습을 떠올리며 말을 아꼈다.

"또다시 독일로 돌아오게 되니 기쁩니다. 독일 정부가 저의 석방을 기뻐하는 것처럼 한국과 독일연합공화국 간의 우호관계가 지속되기를 희망합니다. 저를 위해 힘써주신 모든 분께 감사의 인사를 드립니다."

독일의 TV와 신문들은 독일로 돌아온 윤이상의 소식을 1면 기사로 내보냈다.

1969년 3월 30일의 늦은 밤, 윤이상은 서독의 보금자리로 돌아갔다. 아내와 아이들이 있는 곳, 지난 세월의 흔적이 켜켜이 묻어 있는 정겨운 그곳으로. 하지만 그의 내면에는 깊은 상처가 새겨져 있었다.

독일에 돌아온 지 이틀 만인 4월 1일, 윤이상은 뉘른베르크 오페라극장으로 갔다. 거기에서 이미 3회째를 맞는 두 개의 단막 오페라 〈류퉁의 꿈〉과 〈나비의 미망인〉의 공연에 참석하기 위해서였다.

초연과 2회 공연은 작곡자가 없는 상태에서 진행되었으나 이번에는 작곡자인 윤이상이 참석하는 터라 그 의미가 사뭇 달랐다. 오페라극장의 좌석에 앉은 윤이상은 뭉클한 감회에 젖었다. 문득 서대문형무소의 날카로운 바람 소리가 귓가에 들려오는 듯했다. 한 소절 한 소절씩 마치 생명줄을 이어 붙이듯 조각조각 이어 가던 오페라의 모든 마디, 악상과 음표마다 힘줄인 듯 핏줄인 듯 연결되어 하나의 호흡이 되던 순간들이 떠올랐다. 그 호흡을 지

탱시키던 장자의 꿈을 바탕으로 한 줄거리들이 머릿속에서 새삼스레 춤을 추었다.

합창으로 시작되는 오페라는 화려하기 이를 데 없었다. 한스 기어스터의 완벽한 지휘, 극장을 꽉 채운 성악가들의 성량과 힘차게 뻗어나가는 소리의 빛깔, 무대 장치와 의상 등 모든 게 빈틈없이 잘 짜여 있었다. 〈류퉁의 꿈〉은 비극적이었지만 〈나비의 미망인〉은 희가극이었으므로 서두에 나오는 장엄한 합창이 끝난 후부터는 객석에서 웃음소리가 끊이지 않았다.

오페라의 공연은 대성공을 거두었다. 다음 날 여러 신문에서는 음악가와 비평가들의 찬사가 크게 실렸다. 볼프람 슈빙거는《디 차이트》지에 다음과 같이 썼다.

"이 오페라가 주목을 받는 것은 바로 제1급의 음악적 사건이기 때문이다. 윤이상의 매혹적인 꿈의 음악은 성대한 갈채를 받았다."

하인츠 요아힘은《디 벨트》지에서 "윤이상의 신곡은 인간의 소리의 표현 능력 취급법의 유연성이라는 점에서 놀라운 것이다."라고 썼다.《프랑크푸르터 알게마이네 차이퉁》지는 이날의 공연을 '장대한 연주'였다고 평가했다.

윤이상이 감옥에서 겪은 고통은 상상을 초월했다. 밤마다 악몽에 시달렸다. 고문의 후유증은 시시때때로 온몸을 후려쳤다. 킬 시의 초청을 받아 클라리넷과 피아노를 위한 〈율〉이 연주되는 콘서트홀에 갔던 날, 윤이상은 기어이 쓰러지고 말았다. 응급실에서 가까스로 정신을 차린 윤이상의 머리맡에서 병원장이 정중하게 말했다.

"당신이 그 유명한 윤이상 선생인가요?"

병원장은 치료비를 받지 않겠다며 껄껄 웃었다. 호의를 받아들인 윤이상은 한국의 가난하고 병든 어린이들을 위해 쓰도록 자선단체에 상당한 금액을 기부했다. 그로부터 2개월 뒤, 윤이상은 킬 시에 대한 문화적인 공로가 큰 사람에게 주는 '킬 문화상'을 받았다. 불과 얼마 전까지만 해도 생사의 갈림길에 서 있던 윤이상은 서방 세계에서 가장 주목받는 음악가로서 드높은 명예의 화관을 쓰게 된 것이었다.

나 윤이상이 말한다

나는 음악가 윤이상이다. 경남 산청에서 나고 통영에서 성장해 유럽을 무대로 현대음악의 새로운 길을 개척해낸 작곡가다. 내가 태어난 해인 1917년은 강도 일본이 한반도를 집어삼킨 뒤 무단통치를 하던 시기였다. 생후 2년 뒤에 일어난 거족적인 3·1만세운동은 나의 성장기 내내 민족자존과 자긍의 원천이었다. 소년기의 나는 어른들의 비밀결사와 독서 모임 회원들에게 금서를 전달해주는 심부름꾼 역할을 맡게 되면서 항일운동과 저항의 의미를 저절로 터득하게 되었다. 그 비밀스러운 임무의 한 자락을 맡게 되었다는 자부심과 긍지는 어린 소년인 나를 한층 더 조숙하게 만들어준 계기가 되었다.

서당에서 한문을 배우다가 맨 처음 소학교에 들어갔을 때, 내가 처음 접한 서양 악기는 풍금이었다. 동양의 단음 체계에 젖어 있던 나로서는 서양의 다성음악 체계와의 첫 만남이 경이롭기만 했었다. 그때부터 음악가에 대한 동경이 시작되었으니, 작곡가가 된 것은 운명 혹은 숙명이었는지도 모른다.

내가 살던 통영 도천동에는 일본 유학에서 돌아온 청년이 살았다. 그는 나에게 기타와 바이올린뿐만 아니라 서양 음악의 기초를 가르쳐 주었다. 나는 그에게서 간단하게 작곡하는 법을 배운 뒤로부터 곡을 쓰는 일에 집중해 나갔다. 그러다가 극장에 소속된 경음악단이 내 곡을 연주하게 되었는데, 그때 내 나이는 열두 살이었다. 이 무렵, 아버지가 바이올린을 부숴버리며 음악을 금지한 일로 크게 상심하기는 했지만, 이것은 오히려 작곡가가 되겠다고 마음속으로 결심하고 다짐하는 전환점이 되었다. 내 음악의 초심은 그때부터 단단히 뿌리를 내렸다고 해도 과언이 아니다.

나는 일본 유학에서 돌아와 산양읍의 화양학원에서 아

이들을 가르치면서 동요를 썼다. 그러나 비평가의 혹평에 상처를 입은 뒤 배낭 하나만 달랑 둘러메고 훌쩍 먼 길을 떠났다. 통영에서 신의주까지 무전여행을 하면서 참으로 많은 산과 강과 들과 내를 건넜고, 식민지 지배체제하에서 신음하는 참으로 많은 동포의 모습을 보았다. 내 마음속에 깃든 애국심은 내 나라 내 땅의 구석구석을 발로 디디고 호흡했던 국토여행에서부터 싹이 튼 셈이었다. 나는 그로부터 한반도의 모든 것을 사랑하는 마음가짐으로 살아왔다.

해방 이후에는 일본에서 건너온 전쟁고아들을 돌보는 고아원 원장이 되어 사회사업가로서 헌신했으나, 밑도 끝도 없는 오해를 받고 상심한 나머지 그 자리를 박차고 나와 버렸다. 그때 찬 마룻방에서 지냈던 것 때문에 평생 심장과 폐에 병을 달고 살게 되었다. 내 일생에 가장 비극적인 일은 한 핏줄을 지닌 동족 간의 전쟁을 목격한 것이다. 하지만, 분단과 전쟁의 참혹함을 겪은 뒤에도 한반도를 남과 북으로 구분 짓는 일은 결코 하지 않았으며 하나의 나라, 하나의 민족으로 대하고자 노력했다.

유럽으로 유학 간 이후에도 조국에 대한 사랑에는 변함이 없었다. 독일에서도 늘 한국의 소식에 목말라했다. 조국에서 3·15부정선거가 일어났을 때는 남한 땅의 동포들처럼 비분강개했고, 4·19혁명이 일어났을 때는 격정과 조바심으로 잠을 설쳤다. 5·16군사쿠데타로 인해 공항이 마비되어 아내가 독일로 오지 못했을 때는 가슴이 먹먹했었다.

나는 오사카음악학원 시절 동고동락했던 친구 최상한의 안부가 궁금하여 북한을 방문한 적이 있었다. 친구의 안부 못지않게 사무치게 보고 싶었던 것은 강서대묘의 사신도였다. 도쿄의 하숙방에 붙여놓고 음악적 영감을 얻곤 했던 백호도를 고구려 고분의 널방 벽화에서 실물로 친견했을 때의 감동은 결코 잊지 못할 것이다. 금방이라도 허공을 박차고 뛰어오를 것만 같이 생동하는 고대의 프레스코화가 주었던 감흥은 내 음악 곳곳에서 농현과 활주, 도약과 긴장의 순간들 속에 영원히 살아 숨쉬고 있다.

하지만 이 일은 나에게 엄청난 시련과 상처를 주었다. 이른바 동백림 간첩단 사건의 광풍을 맞게 된 것이다. 나는 독일에서 대낮에 중앙정보부 요원들에게 납치당해 한국으로 끌려왔다. 남산 중앙정보부 건물의 지하에서 말로 표현할 수 없을 만큼 인간 이하의 취급을 받았다. 또한, 물고문과 구타를 당하며 고문자들이 부르는 대로 받아 쓰면서 빨갱이로 둔갑되었다. 사형에서 무기징역형으로 바뀌는 동안 내 단 하나의 희망은 차가운 독방에서 곡을 쓰는 일이었다. 작곡을 하는 동안 나는 무념무상의 경지에 젖어들 수 있었고, 희가극 오페라를 통해 권력의 무상함을 비판하고 풍자하는 데에까지 나아갔다.

극한의 절망 속에 빠져 있을 때 나를 구원해준 이들은 유럽의 저명한 음악가들이었고, 한 예술가의 자유와 평화를 보장해 달라고 구명운동에 앞장선 서독 정부였다. 나는 전 세계 음악가들의 눈물 어린 호소와 한국 정부에 대한 서독 정부의 강력한 석방 압력 덕분에 박정희 정부의 마수로부터 벗어나 자유의 품으로 돌아갈 수 있었다. 감옥에서 나온 이후 중앙정보부장의 압력과 협박 때문에 한동안 침묵을 지킬 수밖에 없었다. 그러나 1973년 도쿄에서 벌어진 김대중 납치 사건 이후 기자회견을 자청하면서 동백림사건의 진실을 세상에 알리게 되었다. 나는 그때부터 정치인 김대중과 시인 김지하의 구명운동을 하는 한편, 한국의 민주화와 통일에 대한 열망을 숨김없이 표출하는 등 해외 민주화운동에 앞장서게 되었다.

그중에서도 내가 특별하게 관심을 갖고 추진했던 일은 남과 북의 음악인들이 한자리에 모여 음악으로 한목소리를 내는 것이었다. 나의 열망은 곧 현실이 되어 평양에서 범민족통일음악회가 개최되는 역사적인 결실을 거두었다. 그 무렵, 북한의 음악인들이 서울 송년음악회에서 다시 만나 한 민족, 한 핏줄의 노래를 어깨 걸고 불렀던 일은 분단 이후 최대의 경사스러운 일로 꼽힐 수 있을 것이다. 그때 남북한의 음악인들과 해외 동포 음악인들이 음악으로 하나가 된 그 일은 내가 쓴 어떤 곡들보다도 그 의미가 사뭇 큰 것이었다.

나는 동백림사건 이후 남한에서 내 음악의 뜻을 펼칠 기회를 박탈당했다. 남한의 위정자들은 나의 입국을 방해하고 내 음악이 연주되는 것을 가로막았다. 나는 원래 독일 유학을 마치고 귀국하여 학생들에게 서양의 현대음악을 가르치고 싶었다. 하지만 그 뜻을 이룰 수 없게 되어 낙담하고 있을 때, 북한에서는 나의 음악을 연주하고 음악당을 짓는 등 호의를 베풀어 주었다. 나는 북한의 동포들도 내 형제라는 인식 아래 그들의 요청을 받아들여 후학들을 가르치는 일에 동참하였다.

내가 하노버음대에서 교수로 재직할 때 남한에서 온 유학생들에게 장학금을 받게 했던 것, 그들을 직접 만나 내가 평생 연구하던 음악의 세계를 안내하고 가르쳤던 일은 무척 행복한 기억으로 남아 있다. 나는 언제나 그 일을 자랑스럽게 여기며, 나의 제자들이 한국에서 학자로 연구자로 성장해가는 모습을 뿌듯하게 바라보았다. 다만, 고국에서 나의 음악을 그리워하고 나를 보고 싶어 하는 것을 알면서도 갈 수 없는 현실이 야속하고 원망스러웠다. 나는 고향에 가면 조상님들의 묘를 찾아 인사를 드리고 싶었다. 통영 앞바다에서 낚시를 하거나 끝없이 밀려오는 파도를 바라보고 싶었다. 이루어질 수 없는 희망은 고통이었다. 나는 끝내 귀국하지 못했고 독일 땅에서 생을 마감했다.

어릴 적 어머니의 꿈속에 나타난 상처 입은 용이 내 평생의 복선이 되었지만, 감옥과 죽음의 공포마저도 이겨낸 불가사의한 힘은 음악에 대한 나의 지고지순한 사랑에서 비롯된 것이라고 믿고 있다. 나는 도나우에싱겐에서 발표한 〈예악〉을 기반으로 하여 음악가로서 전도양양한 길을 걷게 되었다. 이후, 나를 유럽에서 '세계 5대 작곡가'로 추켜세워주고 칭송해 준 일은 두고두고 감사할 일이 아닐 수 없다.

내가 가장 가슴 아프게 생각하는 바는 1980년에 일어난 광주 학살의 비극이다. 국민을 지켜야 할 군대가 남쪽에 내려가 시민들을 무참히 학살한 미증유의 공포와 잔인함을 떨쳐내기 위해 작곡한 칸타타 〈광주여 영원히!〉는 음악사에 화인으로 찍은 진혼의 비나리인 셈이다. 이러한 비극은 다시는 없어야 할 것이다.

마침내, 내가 평생 그리워하던 조국의 품에 안기는 날은 오고야 말았으니, 죽어서도 어찌 그 일을 잊을 수 있으랴. 고국을 떠난 지 49년 만에, 세상을 뜬 지 23년 만에 남쪽 바다가 내려다보이는 통영국제음악당 양지바른 곳에 나의 유택을 마련해 준 분들의 배려 덕분에 나는 날마다 쪽빛 바다를 내려다보며 고국의 향기를 맡는다.

나는 이제 내 음악을 사랑하는 모든 이에게 진심으로 말하고자 한다. 분단된 남과 북의 형제들이여! 우리의 뜻이 아닌 타의에 의해 남북으로 갈려서 살아온 지 수십 년이 흘렀지만, 우리가 서로 한 핏줄 한 형제라는 인식만큼은 변하지 말기를 바란다. 진정으로 통일된 세상이 속히 와서 한마음으로 우리의 육자배기를, 아리랑 노래를 한목소리로 노래하기를 진심으로 바라마지 않는다. 진정으로 민주화된 세상에서 서로 얼싸안고 통일의 이야기꽃을 피우기를 바란다. 그것이 후세대에게 당부해마지 않는, 내 단 하나의 소망이다.

나는 일제강점기에는 항일운동에 몸담을 정도로 조국의 해방을 위해 열정을 바쳤으나, 유럽으로 건너간 뒤에는 오직 음악의 완성만을 위해 살았다. 하지만 그 후 나는 루이제 린저의 표현대로 동백림사건을 통해 정치적으로 각성한 사람이 되었다. 1970년대부터는 해외에서 조국의 민주화와 통일을 위한 운동에 정열을 불살랐다. 대학 교수로서 후학을 가르치는 바쁜 나날들 속에서도 음악을 향한 집념은 더욱 불타올랐다. 말년에 이르기까지 다섯 편의 교향곡을 포함해 150여 곡을 쓸 만큼 예술가로서 단 한순간도 긴장의 고삐를 풀지 않았다. 젊었을 때부터 동양 사상의 심오함을 곡 속에 담고자 노력했던 나는 유교적 덕목과 불교적 내세관, 그리고 도교적 이상향을 아로새긴 음악을 통해 동서양의 만남이라는 세계성을 추구해 왔다.

쇤베르크의 영향 아래 12음기법을 연구하면서 나만의 독창적인 '주요음(Hauptton)' 기법으로 쓴 곡들이 쏟아져 나온 뒤, 음악학자 크리스티안 마틴 슈미트는 나를 '다원주의적 세계주의자'라 명명해 주었다. 나는 나 자신이 겪은 동백림사건의 끔찍한 고문과 나치에 의한 홀로코스트를 중층적으로 연결한 교향곡들을 발표함으로써, 인류를 위협하는 폭력과 억압에 맞서는 음악적 고뇌를 보여주었다. 이 같은 작품 세계를 높이 평가해 준 튀빙겐대학교에서는 나에게 명예 철학박사 학위를 수여했다. 내 나이 71세 때인 1988년에는 독일의 리하르트 폰 바이츠제커 대통령으로부터 '독일연방공화국 대공로훈장'을 받는 영예도 누렸다.

이미 나에게는 현대음악의 거장이라는 칭호가 붙어 있었지만 그보다 더 명예로운 것은 따로 있었다. 남한과 북한의 음악인들을 한 자리에 불러 모아 통일을 향한 음악 축전을 꾸리게 된 범민족통일음악회의 총준비위원장이란 직함이었다. 조국이 독재정권의 폭압에 짓눌리고 젊은 대학생들이 민주화를 부르짖으며 죽어 가던 분신 정국에 나는 77세라는 나이도 잊고서 〈화염 속의 천사〉와 〈에필로그〉를 썼다. 피를 토하는 심정으로 쓴 필생의 역작이 발표된 뒤 독일 바이마르에서는 나에게 '현존하는 세계 5대 작곡가'라 칭송하며 괴테상을 주었다. 또한, 독일 자르브뤼켄 방송국에서는 고맙게도 '20세기를 이끈 음악인 20명'에 나를 선정해 주었다. 그들의 말대로 나는 그 20명 중에서 유일한 동양인, 유일한 한국인이었으니 나의 음악 여정에 대한 최상의 표현인 셈이다.

이제 나에 대해 한마디를 더 보태자면, 나 윤이상은 남한과 북한, 그리고 동양과 서양의 두 세계에 몸담아온 경계인인 셈이다. 동백림사건으로 한때 조국으로부터 박해받고 배척받아 세상과 단절된 적이 있었다. 하지만 나는 서양 음계에 동양의 사상을 덧입혀 새로운 세계를 빚어냈고, 음악 속에 평화와 반전, 반핵, 인류의 보편적인 정서를 함양하면서 사유의 폭을 넓혀 갈 수 있었다. 멀리는 우륵과 박연으로부터 연원한 동양의 음을 바흐와 베토벤의 서양 고전음악과 접목함으로써 동서양의 음악적 교직을 통한 새롭고 독창적인 유파를 창조한 개조로서 칭송받는 단계에까지 이르게 되었다. 지리산 등성이에서 피를 흘리던 상처 입은 용이 마침내 남과 북을 아우르고 동양과 서양의 경계를 넘나들며 대자유인의 기상을 품게 된 진정한 용, 진정한 세계인으로 날아오르게 된 것이다.

한민족의 정체성을 만든
인물들을 통해, 삶의 지혜와
미래의 길을 연다.

고대

배달 민족의 얼인 고대 동아시아 지배자

나는 치우천황 이다

대동 세상을 열려는
너희 본디 마음이 나 치우다

"나는 천산산맥 넘어 해 뜨는 밝은 곳을 향해 내려와
신시 배달국을 열었다. 너도 하느님 나도 하느님,
너도 왕이고 나도 왕이니 서로서로 섬기는 대동 세상 터를
닦고 넓혀왔다. 하여 뭇 생명이 즐겁고 이롭게 어우러지는
세상을 열려는 너희 본디 마음이 곧 나일지니."
-치우천황이 독자에게-

이경철 지음 | 값 14,800원

근세

지킬 것은 굳게 지킨 성인군자 보수의 표상

나는 퇴계 다

'완전한 인간'을 위한
자기 단련의 길이 나 퇴계다

"나는 책이 닳도록 수백 번을 읽었다. 그랬더니
글이 차츰 눈에 뜨였다. 주자도 반복해서 독서하라.
이르지 않았던가? 다른 사람이 한 번 읽어서 알면,
나는 열 번을 읽는다. 다른 사람이 열 번 읽어서
알게 된다면, 나는 천 번을 읽었다."
-퇴계가 독자에게-

박상하 지음 | 값 14,800원

근세

보수의 대지 위에 뿌린 올곧은 진보의 씨앗

나는 율곡 이다

바꾸자는 개혁의 길
너의 생각이 나 율곡이다

"나라는 겨우 보존되고 있었으나, 슬픈 가난으로
시달리는 백성들은 온통 병이 깊어 숨이
넘어갈 지경이었다. 백척간두에 선 채 바람에
이리저리 위태롭게 흔들리고 있었다.
내가 개혁을 외치고 나선 이유다."
-율곡이 독자에게-

박상하 지음 | 값 14,800원

근세

현모양처의 대명사인 한 여성의 삶과 꿈

나는 사임당 이다

많이 알려졌어도 실제
내 삶을 아는 사람은 드물구나

"나만큼 많이 알려진 인물도 없다. 그러나 나만큼 제대로
알려지지 않은 인물도 없다. 율곡의 어머니, 겨레의
어머니, 현모양처의 모범과 교육의 어머니로 많이
알려졌어도 실제 내 삶이 어떠했는지 아는 사람은
거의 없다. 나는 내 삶을 바르게 살고 싶었을 뿐이다."
-사임당이 독자에게-

이순원 지음 | 값 14,800원